Reliure

# みつばちの平和 他一篇

アリス・リヴァ
正田靖子＝訳

幻戯書房

# 目次

ロゴ・イラスト――丸山有美
装丁――小沼宏之[Gibbon]

# みつばちの平和

# I

夫のことを私はもう愛していないと思う。

私の家族全員が、彼を私の人生の伴侶だと思い込んでいるのだから驚く。それは彼のために、彼のせいで、長いこと、私がずいぶん苦労をし、よく働いたからだ。しかしそんなことで愛情を測ることができるのだろうか。私はそうは思わない。それで測られるのは、立証されるのは、むしろ運命に対するある種の服従ではないだろうか。そうだ、服従だ。愛情という名よりもぴったりした名、そして我々の目からうろこが落ち始め、我々が勇気を出して人間や感情を本当の名で呼ぶときに、我々が「私の夫」と呼んでいる男たちの本当の姿が我々に見えるようになったときに、愛情に少しずつ取って替わる名。男たちの本当の姿、それは自分が何をやっているのかわからずにやっている渡し守かもしれない、彼らのうしろから、彼らに守られて、こちらの岸からあちらまで渡るために彼らと一緒に乗り込み、我々が孤独のうちに逆波や水泡を経験しないですむように、我々がこの河を渡る間、相棒も証人も伴わずにいることがないようにするために。しかし長いこと夫だった男を単純に相棒と見なすのはなんと難しいことか。いや、それも怪しい！　なんという相棒だ！　男はまさに女の相棒にはあまりにも向いていないのだ。我々と共に生きるのにはあまりにも向いていないのだ、我々と同じものは好まず、我々と同じものを切望することがなく、我々が好きではないものに心を奪われ、我々が好きなものには関心を示さず時折敵意すらみせる。これからは夫よりも、どれほど女友だちや母親と一緒にいる方がいいだろうか。というのも実を言うと、男たちは我々女とは違う人種だからだ。子供の頃からすでに、私にはそのことがわかっていた。男たちは自分たちだけで人生を送り、天寿を全うすべきなのだ。とにかく男たちは、自分たちだけで、我々女抜きでいるときしか、本当に幸せに、本当に自分らしくいられないのだ。フィリップが兵役〔スイスは国民皆兵制を採っており、成年男子には兵役の義務が課される〕に出かけるたびに、私は仲間に会いに行く男の穏やかな喜色をたたえる顔を目にする。彼の表情は、太古の時代から総動員され戦地に赴く彼らの壮大な出陣について、すべての歴史書よりも雄弁に私に説き明かしてくれる。あのあらゆる十字軍参加者に旧教同盟の参加者たち、多くの大義名分に殉ずるあの戦士たち、延々と続く縦列と、戦いと死に向かって進む行列のすべて。彼らの軍歌や、ひとつの否か応のために、時にはそれすらもなく上げられる彼らの雄叫び。彼らを凝集させるその不思議な集合の合図に応える彼らの迅速さ。冒険の、傷の、賛歌の、宣誓の同職組合。この同職組合は、それぞれの世代ごとに、彼らを何か不可解な殺戮《さつりく》へと駆り立てる。そして世代ごとに彼らの中で最も聡明な者が、それを解説し、正当化するために、殺戮にひとつの、あるいはいくつかの名前をつけることに忙殺されることになる。

ときどき私はこう自問する。「我々がこんな気違いたちと一緒にしなければならないことなどあるのだろうか」

そうなのだ。男が地上の権力を行使しようとするときには、アッチラ、ネロ、ヒトラー、ナポレオンになるし、別の方面で権力を行使しようとすれば、悲嘆に暮れたイヴやマリアのような女たちの前で、十字架に釘《くぎ》づけにされたり、舌を抜かれたり、わき腹を槍《やり》で突かれたりする。彼女たちは、まず嘆き悲しんでから、せっせと飛び散った手足を拾い集め、死体を寄せ集めて数え、血で汚れた広場を掃除するのである。

いいや、男は恋愛を除くと、我々の相棒にはなれないのだ。我々が男を愛するのをやめたら、男が我々を愛さなくなったら、一緒にしなければならないことなど、本当に、もはや何もないのだ。我々が心の奥底に男を抱いていたこの宇宙で、彼が画定していた影は、もはや大きながらんどうしか覆ってはいない。

しかし我々が男を愛さなくなることなどあるのだろうか。

さあ、これから何週間も家には私ひとりだ。大胆にも告白してしまおうか。これこそまさにフィリップの新しい仕事で、私が最も評価していることだ。この仕事のために、彼は何週間も続けて家を留守にしなければならない。ずっと前から私はひとりでいるのが楽しかった。まさにひとりにならないためのひとり。よく都会の公園で見かける、腕を伸ばして動かさず、まわりをぴょんぴょん跳ぶシジュウカラに囲まれた鳥おじさんのように。それ一羽が一瞬男の手に止まり、それから飛び去り、その間に今度は別の一羽が止まり、それからまた別の二羽が。まるで見えない糸が木々と男とシジュウカラとの間に張られたかのように、やがてその開いた手とそばの木々との間をひっきりなしに往復する。しかし糸を切るのに、磁化していたものが磁化しなくなるのに、鳥たちが来なくなるのに、誰かが近づいてくるだけで十分である。

私たちとある種の存在はまさにそんな感じだ。ひとりになると、飼いならせなかったすべてのものを再び飼いならせるようになる。少なくとも私はそうだ。ひとりになれなくて失っていた能力が、ひとりになると、私に戻ってくる。まるで私のまわりには、もう障害も壁もない、何もない空間だけがあるかのように、すべてが戻ってくるには私が呼びかけるだけで十分であり、失っていたと思っていたものを引き寄せる力を取り戻して、このとき私は、この空間における、磁化されて磁化する中心となる。

しかし私が最も待ち望み、最も必要としたのは、恋愛でなくて何であろうか。してみると、私はまた別の、新しい恋愛を必要とするのだろうか。もはや以前のような私ではないのに。自分ができると思うことをすべてやったわけではないのに。私のものと見なされていたこの美貌さえ、かつてはあまりそれを重視していなかったが、自分からそれが取り上げられ始めた今になって、それを重大に考えたり、昔は、髪の色のように決まったこととして、注意を払うことなく美貌でいられたのに、もうすぐ消え失せんとするのを見ておののいたりしている自分にふと気づく。いずれにせよ、自分の美貌を本当に信じている女性、他人が我々に与える、男たちが我々に与える寛大や盲目をもって、批判精神をもたずに自分の姿を眺める女性とは、どんな女性だろうか。いいや、反対に、きれいだ、美人だと言われている女性以上に、自分の美貌が描く蜃気楼、その美貌が何に因《よ》るのかをよく知っているものはいない。あるいは一本の糸でしかつながれていない風前の灯《ともしび》かもしれない。反射光、多少とも幸運な照明、元気を回復させる睡眠、あるいは毎時間ごとに崩れそうな肉体と精神のある種のバランスに因るのかもしれない。時には言葉が濁った一陣の風のように曇らせる、キスでさえ劣化させるはかない美貌。綺麗な女性が醜く見えるには、ささいなこと、カッティングがあまりよくないドレスとか、あまりよく似合わない髪型とか、布地か色調の選択の間違いなんかで十分なのだから、どうしてその話にもならぬほど移ろいやすい、あるいはあやふやな性質を知っているものを鼻にかけられるだろう。そして十年間、十五年間の時が過ぎ去ったとき、きれい、「本当にきれい」と繰り返し言われ続けて、それに慣れていた女性も、もはやまれにしかこの甘ったるい言葉を耳にしなくなる。たとえば私も二、三年前には、この言葉が繰り返し、耳にたこができるほど言われるのを聞かない日はなかった。私はとうとうそれに関心を示さなくなり、通りとか、トラムとか、コンサート会場とかで男性に言われるこのお世辞にうんざりさえしていた。私はといえば、鳥おじさんのように、ひとりで散歩するのがすでにとても好きだったのに、公園のベンチに腰掛けたり、ゆっくり歩いたり、人けのない小道に入ったりすることはできなかった。すぐにやつがやってきて、次の曲がり角に姿を現わし、近づいてきて、私が多くの情熱と期待を込めて飼いならしているものを逃がしてしまうのだった。それで時折、私は男たちがそっとしておいてくれるように醜くければよかったと思うほどだった。

そんなことを彼らは容易に許してはくれない。一方、我々もたぶん若い頃は彼らが放っておいてくれるように、自分ができる限りのことをすべてやっているわけではないのだろう。私はといえば、頭の中に、ひとりの男性がいると、あらゆる手段を講じただけではなく、さらに可能であれば彼を引き止め、彼をしっかり摑《つか》むために、もっともっと。そんな風に私の夫になった男とやってきたし、そんな風にピエール・Mとやってきた……そんな風に私はまたもう一度、最後にもう一度、するのだろうか。だけど私にはもう遅すぎるのではないだろうか。

彼は私に繕わなければならない六足の靴下と、付け直さなければならない幾つかのボタンと、裏地を付け替えなければならないジャケットと洗濯物を置いて行った。オフィスから疲れて帰ってきているのに、私はうきうきしてこの仕事に取り掛かる。そして家政婦がやってくると、私は共犯者のように迎える。

「で？　彼は出かけました？」と、彼女は言う。彼女は微笑む。

「ええ」と、私は言う。「出かけたわ……」

「ボルナンさん、しばらくはのんびりできますね……」

のんびり！　彼女はそれほどうまく言い表わせているとは思わなかった。彼女は付け加える。

「ああ、うちのが兵役に出かけると、本当に平和で……」

彼女は行ったり来たりする。彼女の仕草は優しく、丸みを帯びて、彼女と私とそして私たちが一緒にしていることによく調和している。私は彼女と一緒だと幸せだ。私たちは、ふたりだけで野菜の皮をむいたり、鍋をピカピカにしたり、服に継ぎを当てたりするときに私たちに与えられる心地よい安心感に包まれて、石鹸《せっけん》で洗ったり、磨いたりする。


今はもう午後しか働いていないが、オフィスでも「で、彼は出かけた？」という言葉に迎えられた。クララだった。マルグリットは何も言わずに私を見つめていた。シルヴィアも。

「うん」と、私はタイプライターの蓋を外しながら、ただそれだけ言った。

それから話題を変えようとして、

「クララ、とても素敵なブラウス着てるわね」

「これ、少なくとも六年は着てるわよ」

と、私たちが彼女のワンピースやスーツに感心するとたいていそうするように、挑戦的な口調でクララは答えた。

私たちは、衣服に関する考慮すべき要件について議論しようと、自由に使えるお金が少ししかないけれど、どうしてもエレガントに見られたいときに、どうやって服地やスタイルを選ばなければならないか、クララからまた教わろうとしていたのかもしれない。何年もの間、人目を欺くためにどうやって洋服簞笥《だんす》を取り扱わなければならないかを。というのもクララはそれらの問題すべてに並外れて詳しいだけではなく、熟練しているからだ。彼女の助言は自分の体験に基づいている。醜いもの、汚いもの、使い古されたもの、流行おくれのものに対する彼女の長年にわたるひそかで頑固な戦いについて、必要なドレスをすべて買うお金を持っている多くの女性がぱっとせず褒めるべき点もなく着飾っているものの切れ端を勝ち取るための彼女の日々の闘いについて、クララに尋ねて収穫がなかったためしはない。ときどき行き当たりばったりに買い物をして、そのたびにそれを後悔している私たちには、生活費を稼いでいるだけではなく、母親も養っているクララが、見識や勇気そのものであるかのように見える。

しかしマルグリットは、男や恋愛が話題になるやいなや、ひとりの女性がもうひとりの女性を見つめるように、私を見つめ続けていた。つまり好奇心と暗黙の了解とをもって。たぶん彼女は「彼は出かけた」という言葉に引っ掛かっていて、私のことで彼女は私に、というよりは自分自身に、口には出さずに別の質問をしているのだった。彼女は私が夫に対して感じていること、というよりはむしろ、もう感じなくなっていることを知っている。それで彼女は悲しんでいるのだと思う。オフィスでの短い会話よりもお互いのことをよく知ることができるように、レストランで一緒に夕食をしたあの晩、ちょっと軽率に私が彼女に打ち明けたことを考えているのである。自然に私たちが恋愛のことしか話さなかったある晩。しかしそれは我々女がみんな、ふたりきりになるやいなや、取り上げる唯一の話題ではないだろうか。男たちはその間、お金や政治や科学や商売や兵役について話しているのだと思う。我々は結婚と恋愛だ。しかしこのふたつの言葉はしょっちゅう排斥し合う、我々の会話で一方が話題になるということは、もう一方がもはや存在しなくなったということだ。ある全体のふたつの部分のように、ハイフンで結び付けた二語のように、両者が共存するのは、婚約期間だけである。しかしとても早くそれらはお互いに背を向けて、連結記号を失う。そして結婚という言葉が大きくなり、幅を利かせれば利かせるほど、恋愛という言葉は細くなり、小さくなり、あまりにも小さくなってもはや見えなくなり、時が経って傷んだ文字や写真のように消えてしまう。君臨するのはもはやもう一方の言葉だけである。ところでマルグリットは私に結婚の話をしていたが、それでもそれは恋愛のことだった。彼女は、恋愛にそれが具現されると同時に長続きすることを要求できるほど、意志の強い女性たちが持つ温かく打ち解けた様子で、私に身の上話をしていた。たぶん彼女たちは恋愛を我が物として、それを自分の力に釣り合った日々の客にしたいという意志をもって、それを直視したのだろう。それにはこの上ない大胆さと熱中する能力が必要だが、私たちの大部分はその熱意をむしろ破壊する方に、自分に不幸を呼び寄せる方に傾けてしまう。たぶん、漆喰《しっくい》を塗り直し、毎日少しずつ夫婦生活に亀裂を生じさせる割れ目やひびを覆い隠す準備ができている左官の棟梁の心意気。マルグリットはつねに、生きる幸せや生きる熱意と、ある程度、友好関係を維持してきたことが感じられる。大量の仕事がある日、私たちみんなが立ち向かおうとせず尻込みするそんな日に、彼女がタイプを打つのを見るだけでいい。彼女が少し男っぽい褐色の髪の女性に特有のハスキーな声で私たちに、「さあ！　君たち、今日は清書しなければならないものが何トンも何トンもあるわよ……まさに聖書！」と言うのを聞くだけで、私たちはその「聖書」を、このような場合にはタイプで打たなければならない約一〇〇ページを、手分けする勇気が湧いてくるのを感じる。真っ先に、冗談を言う彼女は、必要とあらば真っ先に、タイプライターの前で歯を食いしばって、厭な顔もせずに努力する。そのうえ、私たちが自分のタイプしたテキストを大きな声で読み返す時を、彼女は真っ先に、気の利いた素早い応答で飾ることができ、途中ですべての脱字や誤植、不正確な表現を陽気な警報の「キンキナ（キナ入りのトニックワイン。強壮ワイン）……キンキナ！……」で知らせる。というのもオフィスで私たちはみんなキンキナが必要だ、たぶんマルグリット以外は、彼女は決して一文字も飛ばさず、タイプミスをまったくしない。そう、超一流の左官職人だ。彼女の夫は運がいい。彼は彼女にふさわしいのだろうか。

さて、レストランでふたりきりで過ごしたあの晩、マルグリットは私が彼女から聞こうとは思いもよらなかった恐怖のようなものを彼女の言葉に滲ませた。どんな女性からも離れていくように、幸せが自分から離れていくのを目にする恐怖を。彼女は祈りやおしゃべりな人の話のように、あの言い古された言葉、我々がおそらく何千年も前から伝えてきたあのみじめな決まり文句さえ口にしたのである。

「素敵すぎてこんなことが続くわけがないわ……」

私は初めてマルグリットが人間の不幸についての、いかがわしい科学に頼るのを聞いた。

素敵すぎて続くわけがない！　どうしてそんなふうに言うのだろうか？　私ならまだしも、彼女が？　彼女は、幸福を引き付ける術《すべ》だけではなく、それを保持し、それに熱や力を伝える術を知っているから、幸福が磁石に吸い寄せられるように近づいてくる、まさに数少ない選ばれし者に属している。そんな風に、親鳥に抱かれる卵のように大事に庇護《ひご》され、ひそかに養われ、幸福は一層増大するばかりである。私は彼女を安心させようと努めた。

「あなたたちふたりの間なら何も変わらないわよ……そのうち分かるわ、マルグリット」そしてもし私が彼女だったら予感したこと、彼女の卵を孵《かえ》す親鳥や左官職人の才能について私が知っていることを彼女に説明した。あなたは……するような、……されるような他の女たちとは違うのよ。たとえば私も……ある瞬間に「たとえば私も」と、自分で言ったのを覚えている。

そうすべきではなかった。そうだ、あんなに急いで、女らしい打ち明け話や告白の心地よい喜びに身を委ねるべきではなかった。「たとえば私も……」この短い三語が何を予告するかは知れたことだ。どんな扉を、どんな深淵を、どれほどの群衆の殺到に向けて開くかは！　その場の雰囲気とアルコールも手伝って、私は確かに話しすぎた、そして決して誰にも打ち明けるべきではないことを、このノートにも決して書くべきではないことすら、言ってしまった。何日間も、私はずっとそれを後悔した。この種の打ち明け話はもう私の年齢にはふさわしくない。しかも私はマルグリットより少なくとも四歳は年上だ。

クララが「で、彼は出かけた？」と大きな声で言ったとき、マルグリットは私を見つめながらおそらくあの打ち明け話のことを考えていたのだろう。彼女はたぶん私がその出発を喜んでいるかどうかを考えていたのだろう。彼女は、私がそうだということを恐れていたのかもしれない。それに今、彼女が歩道で別れ際に付け加えたことを思い出した。

「ジャンヌ、そのうち分かるわ……いつかまたご主人を愛するようになるわよ……」

「もう別の男性を好きになったことがあるのに？　しかもたぶんふたりも？」と、私は言い返したい気持ちだった。

とはいえ、幸いにも、この点だけは口をつぐむのに間に合った。というのも、これは私ひとりに関わる秘密ではなく、ピエール・Mとシルヴィアにも関係のあることだから。きっとシルヴィアは、一度もそれを疑ったことはないと思う。

それでも、ピエール・Mのことをマルグリットにも、他の誰にも何も言っていなかったのに、クララが私たちに自分の古いブラウスの話をし始めたとき、自分がほっとするのを感じた。それから「聖書」が到着して、私たちは夕方の六時まで狂ったようにタイプを打ちまくった。

シルヴィアが私に、家に帰る前に新しいバッグを買いに行くから一緒に選んでくれないか、と頼んできたのはそんな折りだった。

私はシルヴィアが大好きだ。偶然が、私たちを同じ部屋に、それぞれタイプライターの前に、マルグリットやクララや数人の他の人たちと一緒に席を並べる以前から、長い間、近づきになって親しくしたいと望んでいた女性である。私は彼女がいつも好きだった。彼女は私が好きなタイプの女性だ。もちろん綺麗で、でも何よりも気取らずとても自然。普段の態度は陽気。快活で時には開けっぴろげでさえあり、と同時に控え目。他の人に劣等感を抱かせずに、内面の無数の宝の存在をうかがわせる。その上、彼女の全身から点滅する輝きのようなものが発散し、それだけに表面に現われると一層まぶしくなる。そのとき、みんなが彼女に「ありがとう」あるいは「アンコール」と言い、スターのように拍手を送りたいと思う。だから私は容易に理解できる。ピエール・Mが…… 本当だ、六か月前、シルヴィアの離婚の少し前まで、まだそういうことがあったように、ふたりが一緒にいるところを目にしなくなって久しい。まだ彼女が結婚しているときにあんなに公然とシルヴィアを連れ歩いていたピエール・Mが、あの離婚以来、もう決して彼女と一緒には姿を見せない、というのはよく考えるとかなり奇妙でさえある。ピエール・Mは、彼女に対しても……？

ピエール！　もしそれが事実なら、私はあなたを許せそうにありません。

私たちはバッグを選んだ。彼女には、そんな平凡な買い物もまるで冒険のようになった、それほど彼女はやることすべてに活気と興味を注ぎ込むのである。「さあジャンヌちゃん、今度はドリンクをやりに行きましょうか」……私たちの間にはそのバッグと、イギリス人が言うところのショッピングからくるあの興奮があった。私はシルヴィアの目が喜びで輝いているのを見ていた。私は彼女に言わずにはいられなかった。

「シルヴィア、あなたときどきすごく幸せそうに見えるわよ。みんながあなたのことを、女がこれ以上望めないくらい幸せだ、と言うんじゃないかしら……」

彼女は返事をする前に一瞬、私を見つめた。

「でも」と、彼女は突然、物思わしい顔つきになって言った。「私はそうじゃないの……」

彼女はすぐこう言いなおした。

「つまりもうそうじゃなくなったの。でもすごく幸せだったから、たぶんその残照が私に残っているのよ。その残照がときどきまだ私に表われて、それが他の人から見えるときがあるのね」

幸せ！　ピエール・Mと一緒で、彼ゆえに？　私は彼女を妬むだろうか？　彼女を恨むだろうか？　それはない、私は彼女を見つめていた。その瞬間、私には彼女が足を取られて、いきなり海底へとまっすぐ沈んでいくように見えた。ときどき私たちの目の前でその輝きを消してしまうあの不安が彼女の顔にあった。私はあいかわらずピエール・Mのことを考えていた……おそらく彼女も。ただ彼女は、私もピエール・Mのことを考えているのは知らなかった……絶対に、私は彼を許せないと思う。というのもシルヴィアは私にとってライバルではなかったからだ。どんな女性が、私のライバルだったこと、いつか私のライバルになるなどということがあろうか。ごくごく表面的な間違った意味でライバル呼ばわりされることがあっても、人生のある時期にライバルだった女性たちと自分は緊密に連帯しており、彼女たちをいとおしむ、いささか怪しい共犯者であると感じるばかりであった。彼女たちと同じ感覚を持つ粘土で練り上げられている、そう私は確信していた。だからシルヴィアと私の間にいるあの男も、私にとっては女友だちの中で他の誰よりも彼女をいとおしく大切な存在にするさらなる絆《きずな》なのである。シルヴィアは彼が私たちの間にいることを知らないけれど。彼女は私の人生のある時期と私との間に渡された懸け橋のようなものなのである。彼女は昼間、時折私が夢で見ることを現実に生きる、つまり彼女は、それより最近の知覚や経験の堆積の下に埋もれた過去に面している窓なのである。でもその過去は、目覚める間際まで、無傷で、変わっていない状態で思い出すことができ、時には、目覚めてもうまく追い払うことができないことさえある。普段は通り過ぎたと確信している過去のある時点に再び巡り合う奇妙な朝。しかしたぶん私たちの内部では、過ぎ去ってしまったことなど決して何もないのだろう、私の夢がその証拠だ。夢のおかげで過ぎ去った人生を生のままで切り取ることができれば、私たちの存在は、中心までむき出しになって、かつてそうだったそして今なおそうである心の中の、不変的で持続的な構造が明らかになるだろう。木の幹がひとたび根元から切り倒されると、年輪やその木目に永久に刻み込まれた放射組織を見せるように。私たちは何も消すことはできない。私たちの苦しみも、私たちの喜びも次々に付け加わっていく。それらは打ち消し合うことなく、私たちの心の中の核の周りに同心円を描きながら加えられる。私たちの恋愛も同様だ。いったん生まれたら、本当に消え去るものなどなく、私たちの中で生き続けている。たとえ私たちがそのことに気づかぬままであっても。

季節の変わり目はいつもこうだが、春が再びめぐってくるときは、とりわけそうなる。オフィスで私たちはワンピースや帽子や小粋なデザインの話しかしない。数週間、あらゆる価値が引っくり返されてしまったようになる。自分自身や本やコンサートに求めていたこと、つまり人生を愛したり、他人や自分自身さえをも信じるいくらかの理由を、私たちは店のショーウィンドーやターコイズブルーのアンサンブルやタータンチェックのスカートに求める。毎年、それは、すべてが可能になる、あるいは再びそうなるように思える、熱に浮かされた数週間だ。もはや私たちは白いジャケットや水玉模様のワンピースのおかげで、人に好感を与えたり、人を魅了する楽しみしか考えない。私たちはみんな自分が恋をしているように感じる、自分自身に。

それは昔からの習慣ではないだろうか。実に長いこと春が訪れるたび、我々は服地に触って確かめ、選び、服の型見本を組み合わせてきた。人生の道行きに置かれた我々の策略のお気に入りのターゲットであるあの人を、引き付けられると思えるほど十分に、自分に満足することを唯一心がけて。実に長いこと我々はこの着飾り、自分を高めるというゲームをやってきた。というのも我々がやり続けていることはまさにそれなのだ。背伸びして、八面六臂《はちめんろっぴ》の働きをする。平凡さをちょっとした美しさに変える。ちょっとした美しさを美しさに変える。我々はみんな、自分自身を、自分の役割を、自分の力を信じられるように、実際の姿より背伸びして、より良くなって、自分を削り取って、自分を飾る。そこには我々の謙虚さが、すなわち虚栄心の完全な欠如がある。というのも、もし我々が自分を信用していれば、おそらく我々はありのままの自分を見せるだろう。しかし、我々は自分が愛し、敬服し、仕えるものすべてを理想化するから、自信がなければないほど、彼が我々に期待している以上のことをする。ところで我々は男たちが女たちのことをどう思ったか、女たちのために何をしたかをよく知っている。彼らの詩、彼らの絵画、彼らの彫刻、彼らの犯罪。我々が原因となっているそれらすべては、我々に疑問や不安や自己反省を引き起こす。というのも、それらすべてに我々は値していただろうか。それらすべてに我々はふさわしい価値があっただろうか、そして今でもその価値があるだろうか。それならば、それに値するよう努力する！　我々と似たり寄ったりの男たちに相応しくなるのではなく、男が我々に抱いているこの愛情に、我々と、我々が個々にではなく女として不可分に自分たちに抱いている愛情とを正当化するこの彼らの愛情に相応しくなる。我々がそうであると男たちが言ったこと、それに加えて彼らが言わなかったこと、あるいはまだ言っていないことのすべてであるように努力する！　贔屓目《ひいき》なしに注意深く自分の現実の姿を見つめると、難しい。女ほど自分のことがよくわかっている人が他にいるだろうか。男はいつ一本の毛が、長すぎて無様な毛が鼻から出てくるかを知らない。彼はそうとも知らずに、何か月もの間、育ち続けて、鼻の穴から飛び出たその長すぎる毛と生きることができる。たぶん彼はそれに気がついても、引き抜きさえしないだろう。彼はそんな風でも、その長すぎる毛が鼻に生えていても、自分のことをあいかわらず十分に立派だと思う、というのも彼は美しさとは結託していないからである。だが女はつねに世界中の美と結託してきたために、自分の醜いものに何ひとつ苦しまずして、自分の価値が下がったと感じずに目をつぶることができない。それは太古の時代から、女の手中にあるカードの中の一枚である。男が女に、献身と犠牲のカードと同様に、出させてきたカード。相手はそれがひじょうに気に入っていると分かったから、それこそが自分のものであるこの宗教に、彼女自体ではなく恋愛のために彼女を崇拝するこの宗教に彼を参加させる手段のひとつだと分かったから、女が出し続けるカード。この宗教の名において彼女はつねに相手の世話を焼いてきた、あまり世話を焼くので、私はそこに鏡の効果のようなものがあるのではないかと考えることがある。結局、相手の背後に我々が探し、見極めようと意地になっているのは、自分ではないだろうか。美化され、理想化された自分、相手に好かれ、信仰の対象を確固たるものにし、鏡に話させるために着飾り、正装し、修正したがために、歪《ゆが》んだ自分。というのも女の本当の鏡は、洋服箪笥の扉にはめ込まれたものでも、暖炉の上に置かれたものでも、あるいはまたハンドバッグに忍ばせたものでもない。我々の本当の鏡は、相手の眼差《まなざ》しや仕草、彼の言葉や哀願、彼の賛歌あるいは激しい非難なのである。「鏡よ、鏡……」そして鏡が沈黙して語らないとき、我々はこのゲームを、この宗教のお勤めを断念すべきときが来たことを悟るのである。しかし、これから先、我々にはもう別のカードはないのだろうか。カード無しには、ゲーム無しには、手に何も持たずには、我々は生きることができない。人生を賭けずに我々は生きることができない。ゲームから外されたら、生きている人たちの間で死んだも同然だ。エリザベスは自ら進んでゲームから降りた。今や彼女は再び勝負をしている。別のゲームだ。彼女はそれを「神を求めること」と呼んでいる。

「ジャンヌ、あなたも結局は受け入れることになるわよ」と彼女は言う。「恋愛を諦めたらね……」

……そして鏡が沈黙したら？……

というのも、この手の会話を、子供時代からの一番古い付き合いの友だちであるエリザベスと――しかも電話で――することがあるからだ。

恋愛を諦めるなんて……！

この理屈で私が気に入らないのは、それ以前から神を求めるのではなく、不本意ながらゲームから外されたあとで神を求めるというわけで、神が恋愛よりも小さな災難、心のための代用品と見なされているように思われることだ。そんな風に私たちはそれまで神による被造物のうちの何人かに向けていた呼びかけを神の方へ振り向けるなんてことができるだろうか。神は、他の扉がすべて閉ざされてしまったときに叩《たた》く最後の扉にすぎないとでも言うのだろうか。それにエリザベスのように以前から神を求めるということについて言えば、私も彼女と同じ個人的な試練を経験していなければならないのではないだろうか。さらに言えば、エリザベス自身でなければ、現在のエリザベスだけではなく、かつてのエリザベス、激しく断定的で純粋で高慢な、若い狩猟の女神ディアナのような性格と容姿ゆえに中学・高等学校で私たちから敬服され、私たちを私たち自身よりもひとつ上の階に住まわせたあのエリザベスでなければならないだろう。哲学、形而上学、さらには政治と言ったいわゆる「まじめな」問題しか眺められない階。エリザベス自身、すでにひとつの階だけで生きていた。彼女はホドラー〔Ferdinand Hodler（一八五三－一九一八）、スイス出身で世紀末芸術の巨匠〕が描いた両足を宙にした、地面から数センチ浮かして立っているあの女性たちのやり方で、青春時代を生きているように見えた。まさに画家が

《エレヴァシオン》〔バレエ用語で跳躍中の演技を指す〕と題した絵。エリザベスならあした絵のモデルになれただろう。それに引き換え、私ときたら！　おやまあ！　私のすべての階ときたら！　しかもそれらの階のひとつひとつが、私にかわるがわる独自の視点を押し付けるのだった。地階もあわせもった正真正銘の摩天楼だ。こうして私はあるときは私の住まいのある階に、そしてまたあるときは別の階に、その日の気分や一緒にいる人によって住み分けていた。そのときすでに私はこう自問していたものだ。『いったいいつが最も自分らしいのだろうか。うんと上の階にいるときなのか、あるいはまたうんと下の階にいるときなのか』と。私たちは自分自身の最高レベルにいるときと、反対に最低レベルにいるときとどちらが本当の自分により近いのだろうか。あるいは自分が何者なのか見極めるためには、最多と最少の間の、最上と最下の間の、平均値のようなものを明らかにすべきなのだろうか。さらに私はこうも自問していた。『男や女の価値はエリザベスをあんなにも夢中にさせているいわゆる「精神的」な問題や抽象的な疑問や本のみから得た教養に対してその人が示す関心の振り幅によって本当に測られるものなのだろうか。知能を頂点に据えて、最下位に感性や本能や感情を位置付けるというのは、本当に正しい図式を、より正確に言えば、正しい価値体系を用いていることになるのだろうか。それで心はどこに置くことになるのだろうか。心だけが重要なのではないか、そしておそらく心はまさに上にも下にも真ん中にさえも存在しない。それは至るところにあるか、さもなくばどこにも存在しないのである。明かりが灯されているか、消えているかだ。存在か不在。したがって、人間は家にたとえられるのではないだろうか。そのうちいくつかは高価な品であふれんばかりだが、明かりがないために輝いておらず、一方他のいくつかは、もっと金がなくて中身に乏しいが、下からてっぺんまで煌々《こうこう》と照らされていて、しかも周囲のすべてを明るくしている。同様に、茎も根もない花と同じように、上層だけで、土台がない家に似ている、私の友だちのエリザベスのような人間もいる。少なくとも、時として彼女は私にそんな印象を与えるのだった。

思い出す、私たちは丸くなって、鮮やかな赤い実の生ったりんごの木の下に座っていたことを。九月の緑の木立越しに青いダン・ドッシュ〔フランス・スイス国境近くの名峰〕が遠くに淡く霞んでいた。私たちのノートも青かったが、とても濃い、どぎつい青で、私たちのまわりの緑の草の上に散乱していて、私たちは真剣な面持ちで人生や精神や愛について話していた。ジュリエット、マドレーヌ、ルイズ、イヴォンヌがいた。そしてエリザベスに私だ。何という六重唱だろう！私たちは恋愛には多くを期待していたが、結婚には大して期待していなかった。私たちには恋愛を享受する権利があるように思え、私たちはすべてを恋愛に期待していた。結婚は私たちにとってお笑い種でしかなかった。空想の世界では非常に進んでいても、現実にはとても貞淑で小心。自分たちの母親や姉たちに憐れむような眼差しを向けて。確実にこの世の中は私たちとともに刷新されるのだ。私たちの接吻《せっぷん》は最初の接吻となり、私たちの恋愛はイズー[001]の恋愛を再現するだろう。しかし視線の届く範囲にトリスタンがいなくては、ひとりでどうしたものだろうか。それならトリスタンを是非とも探さなければ。しかしどんなトリスタンがいいだろうか。薬局のあの店員か。あの新婚の若い化学の教師か。何年もの間、皮肉と題韻詩〔与えられた韻を踏んで作られる詩。十七、十八世紀のサロンで流行した〕を浴びせた挙句、いつかそのうちに長ズボンをはいて、「お嬢さん」と呼び始めるようになる同じ階のあの住人か。しかし今こそ彼は「ジャノ《ジャンくん》＝ジャノト《ジャンヌちゃん》、ヌフエ《おいたを》パラソト《してはだめよ》！」と私に乱暴に呼びかけることができたのに。

ああ！そうなのだ、自分たちだけで、意味深長な言葉やまだ形を成していない考えをこねくり回し、〈大恋愛〉

に対する欲望と、恋愛に先立ち、それに付随して助長することすべてへの、つまり戯れの恋、ダンス、たわいのない話、気取った言葉のやり取りへの軽蔑とを抱き続け、私たちはどれほど孤独で、ちょっとおバカさんだったことか。私たちよりも熟練していて、試験に失敗しながらも、有効な罠《わな》を仕掛けるのには素早い多くのクラスメートたちが自慢の種にしていたことすべてが、私たちにはなんと味気ない、悪くすると、無価値なものに見えたことだろうか。私たちと言えば、その間、大恋愛を待っていた。そして私たちの渇望を紛らすために、というのもそれは遅れていたから、私たちはクラスのトップになり、絶妙な微笑みや踊るような歩き方を練習する代わりに、授業の準備をしていた。私たちは大問題について議論するために集まった。それが私たちの戸外での気晴らし、自分たちだけのピクニックであって、そこに私たちはアドニス〔女神アフロディテに愛された美青年〕のような好男子を招くことは全くなかったが、ときどきモンテーニュやパスカル……を招いた。すると、どういうわけで、どんな風にして起きるのかわからないが、時として失恋の痛手が私たちのうちのひとりに襲い掛かることがあった。もっともそれが黒いシルエットで、嵐や破局の様相を呈していなければ、私たちは恋愛をどうしてしまっただろうか。優れて、かけがえのない男のさまざまな美徳と魅力で飾り立てられたトリスタン、私たちは彼が私たちを避け、人間の女に姿を現わすジュピター〔神々の王〕のように、つかの間私たちに姿を現わすのでなければ、トリスタンだと認めるわけにはいかなかった。私たちは自分たちを愛さないトリスタンしか愛さなかった。自分は誰も愛さずに、でも道すがら異常な崇拝を呼び起こして、私たちの心を羨望と称賛と驚きで満たすエリザベスだけは別だった。ああ、すでに十六歳にして、「彼は私が大好きよ」と言っても許された幸せなエリザベス。二十歳のとき、「彼は私が大好き……」と言えた。いつも「彼は私が大好き……」と言っていた。この間もまた私に自分の夫についてこう言った。「彼は私が大好きなの……しかも私たちを隔てているすべてのことにも、二年前に起きたすべてのことにもかかわらず……」しかもそんな結婚のばかばかしさにもかかわらず、と私は付け加えたかった。というのも牧師でありながら、自分を無神論者だと言っている女とどんな代価を払っても結婚したいというのは、正確に言えばそれは常軌を逸している。しかしながら、自分に対して最大最強の情熱を抱いてそれを示す男、必要なだけ待つことができ、必要とあらば何年でも懇願を繰り返し、その困難な攻囲戦に人生を使い果たす覚悟ができていることを見せる男に、ほろりとして魅了されるのはまるで避けがたいことのように、エリザベスは、十年ほど前、そんなばかげた行為に同意したのであった。ところで、エリックはそうした男だった、夫の小教区とその信者の世話をする必要は決してないという条件でのみ結婚を承知した女とためらうことなく結婚する執拗で無謀な人間だった。しかし、この理解しがたい結婚について、ふたり一緒にあるいは別々に尋ねると、ふたりともが口にするのは、次のような言い訳だった。つまり、同じ信仰を共有していなくても、たいへん高邁な精神的次元で、自分たちが合致していることは認めなければならない、と彼らはいつも言っていた。エリザベスはときどき私に、エリックが彼女に何を見出しているのかを説明した。彼は「精神的なこと」すべてをこれほど渇望して、これほど「完全で揺るぎない純粋さ」を切望する女性に一度も会ったことがない、と言うのだ。エリックとたまたま出くわして、ちょっと送ってくれるときも、私の友だちのエリザベスについて同じ言葉や比喩が彼の口から出てきた。一歩ごとに、あるときは「魂」という語が、またあるときは「精神的」という語がくっきりと浮かび上がった。それから今度は、「純粋さ」という語が、所定の位置で現われるのだった。私はかつて、エリックがエリザベスの前で、エリザベスを褒めたたえるのを聞いたことさえある。そして私はエリックの話を聞きながら、私の友だちを見つめていたら、自分に惚《ほ》れた男が、彼女を唯一感動させることができる話し方で「あなたがどんなに……か見てごらん」と言いながら差し出す不思議な鏡の上に屈《かが》み込んだ女を見ているような気がした。エリックは彼女にとって、こうした男なのだ、それどころか、こうした鏡なのだということがわかった。彼は彼女に、絶えず正当化され、支持され、高められ、聖女の如く賛美されさえする機会を与えていた。彼女はそれに感嘆して、ときどき「信じられない、ねえジャンヌ、本当に信じられないと思わない？」と叫ぶほどであった。

ところが二年前、エリザベスは今の私みたいに、自分の家庭から逃げ出したくなった。全身全霊をささげて彼女を愛しているあの男さえ、彼女には重荷であり、障害……何に対する？　になっていたのだ。その当時の私たちの会話を私は覚えている。彼女は私に家族の存在、子供たちの存在にさえ耐えることに困難を覚えると語り、絶えずこう繰り返していた、今私がうんと小声でそうつぶやいているように。

「ねえ、私を救う唯一のことは、立ち去ることなの。分かる？　ここから、この家庭から、この家から遠くへ行くことなの。ひとりきりになること……ひとりに……ひとりきりに……とにかく一度！　もう本来の自分ではなくなってしまったの、私には自分を取り戻すことが必要なの。結局、私はエリックから、子供たちからさえも離れたいの。ひとりで自分とゆっくり向き合いたい。そうすれば今よりうまくいくようになると思う。ねえジャンヌ、まるで家が、エリックが、子供たちが、絶えず私の横に、私の前に、私の後ろにいて、私の四方八方を遮る山の巨大な絶壁みたい。私にはもう何も見えない。あの人たちは私に空を覆い隠してしまう。私は空を再び見ることが、この四方の壁を押し開くことが必要なの。すべてを倒し、崩壊させるために大きなパンチを何発も食らわしたい……分かる？　エリックは、壁は私の中にあって、私の外にあるわけではないと主張するの。彼は、私の中の何かが、脱出する手段を探している囚人のように、その壁に穴を開けだがっているんだ、と言う。私の中のその何かは、そんな風にやっても失敗するから、そのせいで苦しんでいるんだとエリックは言うのよ。ときどき彼は私に聖書を読んで聞かせたり、キリストについて話すけど、ぞっとするわ……

その数週間後、エリザベスは三か月の予定で、山にひとりで出かけて行き、そして実際、ひとたび家に戻ると、前よりも調子がよさそうに見えた。彼女は、自分のエゴイズムに原因する病で苦しんでいたのだと今では確信しているという意味で、エリックの方へ一歩近づいたと私に語った。その病は神によってしか癒されないとも確信している、と。彼女は今や、神についてまるでその存在を信じているかのように話していた。しかし同時に、彼女はその神を聖書やキリスト教の中にではなく、その重要な作品を貪るように読み始めていたある種の東洋の哲学や宗教の助けを借りて見出すと主張しているのだから、エリックから離れていっているように見えた。それゆえエリックに対する新たな失望が生まれたのではないかと思うが、夫たちが留守の晩には、私との果てしない電話での討論が始まった。このとき以来、ますます頻繁に彼女は私にこう繰り返すようになった。「あなたも結局はこの探求を受け入れることになるわよ、でも恋愛を諦めてからのことだけどね……」

恋愛を諦める……

でも私としては、当然のことながら、本当に恋愛を諦めることなど、決してできないと思う……

きのうショーモンに偶然会ったが、彼は私をベルモット酒を飲みに誘った。

「それで」と彼は私に言った。「ずっとあの夫に忠実なの？」

私は瞬きもせず、顔を赤らめもせず、殉教者ぶったり、怒ったふりもせずに、彼の視線に耐えた。ずっと？ 確かにこの点に関してはニュアンスをつける必要があるだろう、というのも世間が思っているほど、私はずっと忠実であったわけではないからだ。幸い、ショーモンはそれについて何も知らない。まず、ステファヌがいて、しかし実は、それにはかなりうまい口実があった、少なくとも自分ではそう思っていたし、それは夫の最初の不貞を発見して苦々しい気持ちになったどんな女性でも思うことである。慰めや埋め合わせを求めるという誘惑に抵抗する女性がいることは知っている。仕返しとは私は言わない、というのも私には仕返しということがわからない。私は誘惑に抵抗できなかった。その上、あのときステファヌが私にとってどんなに魅力的だったかは、私だけが知っているし、私はそれを認める。その後、シルヴィアと私との間の絆のような男がいた。そのときは、もはや、慰めではまったくなかったということを告白しなければならない。私の夫は、彼らがみんなそうした場合そうであるように、罪を悔いて私のところに戻ってきていた。罪を悔いて！　何としたことだ！　まるで我々が彼らにそれを期待しているかのように！　彼らは、自分たちの「ごめんなさい、もうしません」は何も消さず、彼らの立派な後悔には、我々を魅了し、我々の心を取り戻すことができるようなものを我々は何も見出せないということが本当にわからないのだろうか。そうなのだ、我々にとってすべてを消し去るというのは、彼らが一番最初にそうであった男に戻るのを見ることなのだろう。もう一度あのゲームを丸ごとやる覚悟ができている、本当のゲームを始めから終わりまでやるためにすべてを危険にさらす覚悟ができている男に。しかし彼らはそんなことは考えもしないようである。彼らはごめんなさいと言うだけで、悔悟を表わすだけで十分だと思っている。それで？　我々の心を取り戻そうとしなければ、そして毎日毎日そのために必要なすべての苦労をしようとしなければ、何が改められるのか、何が償われるのか。というのも、我々は毎日、魅惑されるのを、というか再び魅惑されるのを好むからだ。一回限りでは駄目なのだ。ああ！　今や男たちの人生には、もっと大事なことが、他のゲームがたくさんある、つまりワイン、戦争、釣り、商売、ぞっとするような狩、政治、芸術、兵役などなど。もし彼らが我々の言うことを聞いていたら、我々の後を付き従っていたら、この世の中はどんな奇妙な世の中になっていたことだろう。彼らはそれを予感しているから、何も見えず、理解できない振りをしているのだ。彼らは我々のものであるこの唯一のゲームに貪り食われるのをあまりにも恐れている。彼らにしてみれば、忘れた振りや無実を装う方が増しなのである。それゆえ、我々のご機嫌をとる代わりに、彼らは我々に「ごめんなさい」と言って、後悔について話すのだ。そして子供たちがやってくると、彼らはみんな何と急いで我々のことを「ママ」と呼び始め、そして我々が彼らを「パパ」と言うのを聞くと、何と安堵することか。やっと！　これで彼らは枕を高くして眠れるのである。

「私の年になると」と私はショーモンに答えた。「かつてないほど夫に貞節でなければならないのよ」まぬけな返事。しかも偽善的な。しかしショーモンとだと、私はすぐに変な調子になってしまう。彼は私から、そうと気づきもせずに調子はずれの音を引き出す。

私を喜ばせると、粋であると信じて、彼は熱情を込めて、私に反論する。

「あなたの年になるとですって！　年のことなんて言わないでくださいよ。僕はあなたがきれいだと、まだ魅力的だと思いますよ……」

私はこの「まだ」を警戒心をもって考察する。三年前だったら、この副詞はきっとこうした文の中に紛れ込んでは来なかっただろう。これは無視できない徴候だ。同時に私はこの「魅力的」という形容詞が私を喜ばせ、私を得意にさせたことに気づく。最近ではこれをほとんど聞かなくなっていた。これもまた考慮すべき徴候だ。おお！　私たちの二つのグラス越しに、私たちのタバコの煙に包まれて、私のちょっとの間のパートナーから軽率に発せられた甘い短い言葉、年月が過ぎ去るにつれて、だんだん魅力的でなくなっているというのに、私はそれにのぼせ上がるというのだろうか。しかし小さな声でそれを繰り返しつぶやくことに、それをゆっくり楽しむことに感じる喜びは、どれほど自己愛と青春時代を懐かしむ気持ちが私を苦しめているのかを、どれほど我々女が、例の信仰の奉仕者として短い年月の間、我々の評価を高めるあの光り輝く自分の姿を通して、絶望的に自分を愛しているのかを証明する。衰え、忘れ去られ、スクリーンも目撃者も消えないようにすべき炎もなく、新しい安住の地を求めて、自分自身と向かい合ったまま放って置かれるようになるまでの短い年月の間。その少しスパルタ式だと思われる新しい安住の地では、我々は白髪交じりで、甘やかしのない、喜びの奪われた生活を送ることになるのだ。

ああ！　そんな時ができるだけ遅く訪れますように！……

幸いにもショーモンは私に警戒心しか起こさせないが、そのことに彼は決して気づかない、というのも、毎回彼は私を口説き始め、いつも私をものにすると確信しているように見えるからである。彼ほど私を後ずさりさせる男は少ないというのに！　まず彼はあまりにも自分の魅力に自信があって、どんな女性も彼を撥《は》ねつけられないと確信しているように見えるからだ。すべての女性に対して、彼はきっとこの勝ち誇って自惚《うぬぼ》れた、自信たっぷりの態度を取っているのだろう。すべての女性に対して、おそらく彼は、その裏付けとして、自分がつねに見栄えのする役回りになる状況を引き合いに出して、自分がどんな素晴らしいことや立派なこと、極めて注目に価することを行なったのかを話しているのだろう。私は毎回彼を制したくなる。ちょっと待って！　しかし彼はそれについて言えば言うほど、私が魅了されると思っている。私はまったくそうではないのに、そして愛想よく私が彼の話を聞いているのは、彼が話していることではなく、ショーモンの声や笑顔が好きだからだというのに。

きのう、私は、すべての女性に「魅力を振りまく」彼のやり方について彼をからかわずにはいられなかった。彼は反論しなかったが、女性に限らず、すべての生き物と自分との間に共感の流れを作り出すのが好きなんだと付け加えた。「ともかく、僕はいたるところに友だちがいるんだよ……」

確かにそうだろうと思う。彼は出会うすべての人を魅了しようと絶えず努めているにちがいない。彼は抵抗されるのに、たとえ子供からでも、犬からでも抵抗されるのに耐えられないのだと、ついに私に白状した。彼はみんなを魅了したいのである。

「そうなんだよ」とさらに彼は言い足した。「僕は他人の中に眠っているある信頼感……を刺激するのが好きなんだ……分かる？」

「私にも？」

「もちろん……」

私は笑ってしまった、というのもショーモンに対して私が感じるのは、ショーモンが私の内にうまく生じさせられたのは、まさにその逆、つまり何らかの信頼感ではなく、非常に活発な、まさに警戒怠りない不信感なのである。私は、そのことを彼に説明するとき、彼を傷つけないように、とにかくそれは私がどの男性に対しても感じることなのだと付け加えた。

すると彼は私の方に身を屈めて、うんと小さな声でこう言った。

「僕に任せて、別の女にしてあげるから。絶対にできる自信がある」

私は首を振った。

彼は指を立てて脅迫した。

「今に後悔しますよ！」

「いいえ、いいえ、後悔するのは、あなたの方よ……」

強がりだろうか？　そうとも、そうでないとも言える。まったく、「恋愛を諦める」のは、普段自分で思っているよりも、私には容易なことなのかもしれない。

先週、クララは新しい帽子を買うことに決めた。マルグリットは彼女に婦人帽デザイナーの住所を教えた。するとクララは、マリン・ブルーかグレーか白い服しか着ないから、マリン・ブルーの帽子が欲しい、と説明した。そうすれば彼女はどの「アンサンブル」にも今度の帽子を被ることができるから、というのだ。「もちろん」と彼女は付け加えた。「あまり流行を追ったのじゃなくて、たぶんつばの上がったものを選ぶつもり」

それから帽子が買われた。山が少し斜めになっていて、片方の縁が極端に広がっていて、もう片方が極端に切り落とされた帽子だった。しかし今はやりの醜悪なものや奇抜なものに比べたら、それでもそれはまだ帽子だった。私はソーサーや煙突の壁や押しつぶされたボール箱やひっくり返った花瓶を被るよりも、もうまったく帽子を被らない方が増しだと思っているので、もはや自分には立ち向かう勇気はないこの苦難をクララがこんなにもうまく切り抜けたことを褒めた。それでもクララは暗い目をして、彼女が時折見せる疲れた口元のままだった。とはいうものの、普段は彼女のほほえみが思いがけない、白い、欠陥のない歯並びをのぞかせて口元を輝かせ、その歯並びが、時として、彼女を綺麗な女性と言ってもいいくらいに見せることもある。

「クララ、帽子にあんまり満足していないみたいじゃない？」

「そんなこと……そんなことないわよ……」彼女は言い淀み、その口はあいかわらずにっこり笑おうとしなかった。

「分かる？」と彼女は言葉を続けた。「帽子を選びに行って、自分の顔を鏡で見ながら、立て続けにそれを一ダースも試着しなければならないと、ベシエール橋〔一九一〇年架橋。ローザンヌ旧市街と町の東地区とを結ぶ全長一二〇メートルの橋〕から身投げしたくなるほどよ……」

ひょっとしてクララは自分のことを醜いと思っているのだろうか、と私は考え、彼女の顔でそれほどまでに彼女の気に入らないのは何だろうかと見つけようとした。しかし、実際以上に自分のことを美しいと思い込んで、思い違いをする危険を冒すより、むしろ自分のことを醜いと断言する方がいいと言う女性は大勢いるものだ。クララは全然醜くないが、おそらく多くの女性と同じように、自分自身に対して非常に厳しいのだろう。我々みんなと同じように美貌を懐かしみ、勘違いをするのが心配なのだ。醜くないのに、自分の醜さを嘆く女性に出会ったのはこれが初めてではない。女らしい狂気の沙汰が自分のことを不細工だと思うのには、時として些細《ささい》な欠点だけで充分である。自分が狙っている男が逃げ出そうものなら、彼女は自分が醜悪だと思ってしまう。私の友だちで正真正銘の美人なのに、二十歳の頃外出も招待も拒んでいた人がいる、それほど自分ではぶざまだと思っていたのだ。その確信を抱くためには少しどっしりとして、太すぎると自らが判断する両脚をもつだけで充分であり、しかもそれは素晴らしく肉付きのよい肉体の、ひとかたまりに鋳造されて焼きたてのパンの色をした輝くばかりに美しい両肩の代償だった。ところが彼女はマイヨール〔Aristide Maillol（一八六一－一九四四）、裸婦像の傑作で知られるフランスの彫刻家〕のような人が見たら、うっとりしただろう脚のことしか考えなかった。

そしてその他にも、自分を信じず、胸があまりにもぺしゃんこだから、あるいは大きすぎるから、あるいは十分に引き締まっていないから、決して愛してもらえないと思っているこんなに沢山の女たち。最愛の人から——それが夫であれ恋人であれ——愛情を、より正確には性欲を示されないままに数日が過ぎると、何が気に入られなかったのか自分自身の中に捜し、もう永遠に愛されなくなってしまったと思い込む多くの女たち。

そこで、ルイーズ・ラベ[002]から数世紀を経てもなお、

おお熱き吐息、あふれ流れる涙よ、
おお空しく待ちわびる暗き夜々よ、
おお空しくまた帰りくる輝く夜明けよ……

同様に、恥じらいや自制心を持った女、往々にして身体的なちょっとした欠陥を露呈するのではないかという不安を隠す冷淡さ、さらにはうわべの貞節を持った女が何と多いことか！　自分の思い通りに、つまり完全に、狂おしいほどに気に入ってもらえないのであれば、彼女たちはバリケードを築く方がいいのである。その後、年を重ねると、彼女たちは人間味を帯びる。その点でも他の分野と同じように、結局は妥協し、甘んじるようになる。若い頃の頑《かたく》なさは少しずつ溶解する。他人や自分自身に同意し、自分を受け入れるようになるが、それはいつもたやすいとは限らない。

それでもクララの言ったことは少々私を驚かせた。私はクララのことをよく知らない。いずれにせよ他の人たちの

ように「私の夫が、私のフィアンセが」と言えない「独り者」の女性のことはそれほどよく分からないものだ。おそらく「私の恋人が」と、あるいは「愛人が」と言う勇気はさらになく、したがって、世間からはまるで彼女たちの生活には何も秘密がない、あるいはあるはずがないかのように見なされている。ところで、私にはたとえそれが背中のこぶであろうと、曲がった鼻であろうと、本当に秘密のない女性が存在するとは信じがたい。しかし私が証拠もなしに想像している、彼女たちが親友以外、周りの人たちにも包み隠すその隠し事が、秘密である以上、できれば少しはロマンチックなものであることを彼女たちのために願う。とりわけ私が彼女たちのために心配するのは、要するに空白、無なのである。クララの生活には何があるのだろう。何があったのだろう。たぶん私は決して知ることはないだろう。しかしさっきの彼女の言葉の中には、まだ理想主義とか非妥協性といったものが含まれていて、彼女が羨ましい。とにかく独り者の女性は――ただそういうふうに見えるだけではなく、本当にそうであると仮定して――自分自身に対して、他の人たちよりもずっと客観性と批判精神のあるところを示すと思う。それは彼女たちが男女間の日々の闘い、密《ひそ》かに進行する戦いから少し離れたところにいて、我々既婚女性の最もいいところを吸い取ってしまうこの難しい、期待外れのゲームの苦悶《くもん》から守られているからである。彼女たちは休暇中の兵士、まれにしか戦地へ赴かず、他の場所で戦いが熾烈を極めている間、後方にとどまっている兵士のようである。我々がそうであるように、日々の相棒に集中していないから、つまりその男の様子を窺ったり、その男の態度の細部まで念入りに観察することに忙しくしていないから、独り者の女性は自分自身や他の人たちに起きたことを十全たる客観性をもって、我々よりもよく眺めることができるのである。

私はあまりうまく言い表わせたとは思えなかった。あいかわらずクララのことだ。私はクララが姉妹たちに注ぐことができる眼差しにまさに感嘆しているのである。ああ、我々が外観からは何も窺うことのできないある種の眼差しの質の良さに気づいていたなら。洞察力が鋭く、決して誤ることがなく、批判したり、羨望や非難の種を探すためではなく、裁くためではなくて、理解しようと、説明しようとするために、それでもそこにある眼差し。結婚や恋愛経験やお決まりの相棒と対峙する共同生活が与える心理的な素材をおそらく欠いている生活ゆえに、自分自身にはごくわずかしか観察するものがなくて、それで他の人たちの生活を本当に利害を離れた友情から見つめられるクララの眼差しに気づいている人がいるだろうか。

先日、マルグリットのこととマルグリットの幸福な結婚生活のことを私に話すとき、彼女は次のような驚くべき言葉を発したのだから、クララ自身、この現象を自覚しているのである。「他の人が持っているもの、それこそがまさに私の豊かさなの。私にはそれしかないから、でも私にはそれがある。ところでそれは他の人が所有しているものに応じて、減ったり増えたりするの。他の人の宝物は私の宝物……」そのとき、私はクララがたぶん本当にひとりきりの女性なのだとわかったし、また彼女がマルグリットに対して抱くうわべだけではないあの感嘆や、彼女が絶えず示すこの幸せな既婚女性の生活に向けたあの非常に強い関心の意味することが私には明らかになった。しょっちゅう、原稿と原稿の合間に、彼女はマルグリットや彼女の子供たちの近況を尋ねている。マルグリットが私たちにする家庭生活の話でクララが喜んだり、あるいは悲しんだりするのを、家庭生活に次々に起きる小さな出来事をまったく羨望を持たずに共にするのを私は目にした。しかしマルグリットはまさにクララが持ったことがなく、決して持つことがないものをすべて手にしている。ところでクララはまさしくそれらすべてに感嘆する、しかも、彼女はまるで景色や芸術作品を見て楽しむようにそれを楽しんでいる。景色や絵画を羨んだりはしないものである。それらに見とれ、プレゼントのようにそれらを受け取る。そんな風にクララはマルグリットの生活に対している。マルグリットがそれらについて漏らすことをすべてクララは、他のそれほど良くない兆しの間に置くべき明るい兆しと解するが、他のそれほど良くない兆しというのは自分自身の生活によって、彼女のかなり悲惨な子供時代や青春時代によって、描かれたものである。ときどき彼女は私たちに青春時代のいくつかの側面を控え目に、苦い思いを交えずに、むしろ彼女の持ち前の驚くべき例の客観性をもってそれを説明しよう、位置付けようとしながら、垣間見せることがある。先日、彼女は私たちに父親のことを、彼女の狭められた人生の原因であり、自分自身ができもしないし、する気もない、その役をまず妻に、次に小さな娘に任せて、彼女をその年齢に達しないうちにあのブ、レ、ッ、ド、ウ、ィ、ナ、ー、に、そして家長にしてしまったあの父親のことを釈明しようとさえした。

ああ、そんな男の態度を形容するとなれば、ずいぶんときつい言葉がすぐ口を衝《つ》いて出るだろう！　クララの言葉は違う。

「社会的不適応者だったのよ」と、彼女は私たちに言う。それから少しの間考えた後で、「きっと気まぐれな人なのよ。子供の頃は私には理解できなかった。後になってわかったの。彼は家庭生活には、所帯や仕事の規則正しい時間割には向いていなかったのね。彼には夫らしいところや父親らしいところがまったくなかった。それは彼のせいじゃないの。彼は自分に似ている仲間に囲まれているときか、自然の中をたったひとりでぶらぶら歩いているときにしか自分が幸せだと感じなかった。だから私たちから逃げたのよ……いずれにしても、彼の最後の言葉が示唆しているわ……」

「死んだの？」とマルグリットが尋ねた。

「ええ、二年前にね、でも私が考えているのはその言葉のことじゃないの、そもそも、彼のことがもう何もわからなくなって久しくなっていたときに、私たちは彼の死を知ったのよ。そうではなくて、私は彼が永久に私たちの元を去ろうというときに、私たちに言ったことを考えているの。もちろん、母と私は彼が企《たくら》んでいることに気づいていなかったけど……食事をした後、いつものように立ち上がって、ドアの方に歩いて行って、彼は言ったの、『行くよ……』と。私は彼が工事現場に行くんだと思ったの、でも、さあこれから家の敷居を跨《また》ごうというときに、彼は奇妙にもこう付け加えたの。『バターの料理はうんざりだ……』」

「えっ、何ですって？」

「そう、彼はこう言ったの。『バターの料理はうんざりだ……』それから彼は出掛けたきり、もう二度と帰ってこなかった……」

「それで、それから一度も会わなかったの？」

「いいえ、一度、七年前に。彼は自転車に乗って楽しそうに口笛を吹いていたの。貧しそうだったけれど、自由に見えたわ。今なら彼の中で起こったに違いないことが私には分かる。ママだけが決して理解しなかったけれど」

物思いにふけりながら、私はクララと一緒にオフィスから出てきたが、突然彼女は私にエリザベスの話をし始めた。彼女は私とほとんど同じくらい古くからエリザベスのことを知っていて、公教要理（キリスト教の教義を平易に説いた問答体の教科書）の授業も一緒に受けたのである。エリザベスは一部の女たちが男を愛せるように、真剣にエリックのことを愛したことがあるとは思えない、と言う。その上、クララの意見によれば、たぶんエリザベスがいつか本当に惚れ込むようにはならないだろうと言うことだ……

本当にそうだろうか。それこそ短絡的な速断ではないだろうか。それに他人について私たちは何を知っているだろう。彼女は私の古くからの友だちのひとりなのに、私はエリザベスについて何を知っているだろう。

「それだから」とクララは結論を出す。「彼女はあなたのことが羨ましいの、彼女はずっとあなたのことを羨んでいたのよ……」私を羨むですって？　これには驚いた。エリザベスには素晴らしい夫がいる、彼女のことをつねに賛美してきた夫が、それに引き換え私のは私を非難するためにしか私に目を留めない。しかも非難を除けば彼は何も述べず、感情をおくびにも出さず、私のことを理解したり、あるいは私に彼のことを理解する手立てを与えるためのいかなる顧慮もせず、どんな些細な努力も決してすることはない。エリザベスはいったい私の何を羨んでいるのだろう。彼女は私の知る限り、本当の失恋の痛手など味わったことがない……少なくともこの言葉に与えられた地味に人間的な意味においては。

「まあ不思議！」と私は叫んだ。「私なんてエリザベスの十分の一の幸運だって手にしたことがないのに。物質的困難とか愛情に関する困難とか、あるゆる種類の困難しか手にしたことがないわ。とりわけ愛情に関する……」

「まさに、彼女があなたを羨んでいるのは、そこなのよ」とクララは言葉を継いだ。「自分にも生まれつきその能力が備わっているのだと感じるためなら、エリザベスはたぶんすべてを投げうって、恋する女たちが苦悩するように、彼女の思い込みの中であなたが苦悩したように、苦悩することを受け入れたでしょう。だからそのために彼女はシルヴィアのことも羨んでいるのよ、彼女にあんなことが起きた今でさえ……」

今度ばかりはクララが思い違いをしているのではないだろうか。だがクララの最後の言葉が私を動揺させていた。私はシルヴィアに何が起こったと思うか彼女に尋ねた。私の心臓はどきどきしていた。もはやエリザベスのことは頭になかった。

「ああ」と彼女は言葉を返した。「もう彼女があのピエール・Mと一緒にいるところをまったく見なくなったわね、その代わり彼の方は、今度は別の女と一緒のところをよく見るようになったのよね、あのちびのデュボワザンと……ところがシルヴィアは、間違いなくピエール・Mのせいで離婚したのに……」

ちびのデュボワザンですって？　そんなことってある？　私はもうクララの話を聞いていない。突然、あまりにも気分が悪くなる。自分のために、それともシルヴィアのために気分が悪いのだろうか。彼女のためと自分のためだろうか……そう、私はもうクララの言うことを聞いていない、私は他のことを聞いている。これは新たな苦悩だろうか、それとも再燃した古い苦悩だろうか。私には、ピエール・Mがそれを自分に対して、しているように思える。少しの間、私は四年前に自分がそうであった別の女になる、あのピエール・Mと一緒にいるところを見かけなくなったのは私で、彼のせいで離婚をしたのはシルヴィアではなく、私である。そしてそれは彼ともっと頻繁に一緒にいる権利を得るためであって、以前よりも間遠くあるいはもうまったく会わなくなるためではない。そしてこの女はシルヴィアのようにあのMを愛するのをやめなかった。ねえシルヴィア、もしあなたが知っていたら！　でも誰かに、ことにシルヴィアには他の誰よりも、この恋を告白するくらいなら、八つ裂きにされた方が増しだわ。クララには？　論外だわ。たったひとりエリザベスだけが事情を知っている。彼女が私を羨んでいるのはこのことかしら？

私は突然シャム双生児の妹にするように、シルヴィアの面倒を見ずにはいられなくなった。本当だ、しばらく前から、彼女は以前ほど幸福に輝いているようには見えず、彼女の綺麗な顔に、彼女が口に出さない心配事か苦悩のようなものがよく影を落としている。彼女は知っているだろうか。ピエール、絶対に私はこのことを許さないでしょう。

私は意気消沈して家に帰った。私は決して何からも立ち直ることはないのだろうか。私自身が離婚をしたら、私は、晴れやかな無傷の朝を、フィリップを手に入れて是が非でも夫にしたいと私に望ませたあの情熱的な愛情を、取り戻せるだろうか。私は、自分の内に痕跡を、あらゆるものの痕跡を見出し続けるのだろうか。まるで私の人生は、相次ぐ国々を貫いて流れる大河のようではなく、むしろあらゆる種類の植物を生み出す、雑草も美しい植物も貧弱な植物も一緒くたに繁殖する四角い地面に似ているかのように、移動しているようでありながら結局その場に留まり続けるのだろうか。そして一本がいったん芽を出し、成長し、花を咲かせると、絶えず果実を実らせ、あとから芽を出した植物に囲まれて、花や実を増やし続ける。

ウシー〔ローザンヌ近郊の高級ホテルが立ち並ぶレマン湖畔の地区〕の両親の家に昼食に出かけた。いつものように無言の食事、というのも父は食事中に話すのが好きではないからだ。いずれにしろ、彼はスイス連邦鉄道の鉄道員を退職してからは、昔よりもさらに話さなくなった。

それでも、

「ジャンヌ、今週、新聞を読んだかい。スペインで起きていることは恐ろしいな」

ママが答えた。

「せめてあの恐ろしい虐殺が終わってくれればねえ！」

まさにそのときラジオが最新のニュースを流した。私たちはじっと聴いた。

「ああ！　食事時にこんな虐殺のニュースなんて」とママは言った。「この後で食べられるなんて理解できないわ」

「そうだよ、ぞっとする、食べながら、どうしてこんなことを聴いていられるんだ、まったく……」

黙って私たちは食べた。それから突然パパが言った。

「ママ、ママのロースト、とってもおいしいね。肉屋を変えてよかったよ」

「ああ」とママは叫んだ。「パユの店の方がどんなにサービスがいいか分かったからには、もう二度とアベルの店には足を踏み入れないわ」

コーヒーの後で、パパは言った。

「本当によく食べた。さて私はちょっと休むとしよう」彼は立ち上がる。

「せめてナプキンを畳んでくださいな」とママが言う。

「いつも小言を言わないでくれ」とパパは言う。「もう幼稚園にいるんじゃないんだから」

彼は出て行く。

私は少し息の詰まるようなつらい気持ちになる。フィリップとふたりきりでする食事とあまりにも似通っているからだ。彼も食べながら話すのが好きではない。いつもまるで話すことで、旺盛な食欲が低下するのではないかと心配しているように見える。しかし食事の時間は夫婦の間の意見の交換の時間になりうるのではないだろうか。少なくとも私はそれを望んでいた。しかしこの国では、しばしばこれと同じような雰囲気である。私はそれを叔母たちの家でも、従姉妹たちの家でも、何人もの結婚した女友だちの家でも確認した。なぜなのだろう。

パパが出ていくと、ママと私は微笑んで、すぐに話し始める。一時間近くも話の流れは途切れない。一週間のどんな出来事もほったらかしにはされない。そして突然、

「ジャンヌ、いつご主人は帰ってくるの」

「一週間後」とすぐに話題を変えようとしながら、私は答えた。

「どんなにかうれしいんでしょうね、ジャンヌったら！　とにかくあなたのところみたいに仲のいい夫婦がそうやって別居しているのはとても気の毒だわ」

私は何も返事をせず、息を止める。彼女は続ける。

「あなたは、少なくともあなたは幸せだと分かっているのが、私にとって何よりの慰めよ……」

再び私は静かにしている。

「ところであなたの友だちのエリザベスは？　彼女はどうしているの？」

今度は、私は饒舌《じょうぜつ》さを取り戻す。

「彼女からきのうの夜電話がかかってきたの。また三か月山に行くんですって」

「まあ理解のあるご主人を持った奥さんだこと、さすが牧師さんだわね……」

あす、フィリップが帰ってくる。たとえ物理的にだけだとしても、それを妨げられるのではないかとひどく心配ではあるが、彼がいても、このノートに書き続けられることを期待している。私たちは夜、同じ部屋で、ラジオを付けっぱなしにして過ごすのだが、私はそれが大嫌いだ。そうだ、例のラジオもあった。あれを忘れていた。あしたからは、フィリップと、その上、ラジオがあるんだ。それで私の愛するものはすべてここから逃げて行ってしまう。

ああ、エリザベスが羨ましい……

# II

夫が再び家にいるようになったら、もうこのノートに書けなくなるだろう。私はそう思っていた。彼がいるときに、私は日記をつけられたことがない。鳥おじさんの現象だ。ある種の存在は、とりわけ私の夫の存在は、私を自分自身の根っこから切り離し、私が自分に近づくことさえ妨害する。

それに、現実的に、どうやったらいいだろうか。私が是が非でもそうしたいと望もうとも、それはできないだろう。彼が帰ってきて二日後に、私は試してみたくなった。私は彼に何をしているのか言わなかった。彼は私が手紙を書いていると思うかもしれないと考えたのだった。不幸にも、彼は私が手紙をほとんど書かないこと、書くとしても非常に短い手紙しか書かないことをよく知っている。ところで、私が万年筆を手に座っているのを見ると、彼はまず私が家計簿をつけているのだと思った。それから、どうしてだかはよくわからないが、彼は警戒した。彼は不安げな顔つ

きをすると、いつもの無遠慮さで、

「何をしているんだ、家計簿か？」

「ちがう、ちがう」と私は答えた。しかも私は顔を赤くしたと思う。

「何だって、それじゃあ……」

私は答えなかったが、彼がしつこく聞くので、犯行の現場を押さえられた小学生のように口ごもりながら言い出した。

「私ね……私……私ね、自分のために書いているの……」

彼はすぐには理解しなかった。それから突然あきれたとばかりに、天に向かって両手を上げた、すると彼のお人好しそうな表情は、持ち前のいじわるでくだらない皮肉で覆われた。それは、私がその対象になっているときだけではなく、他の人が標的にされているときも、いつでも私を動転させる、というのも私はある種の皮肉は罪だと思うからだ。そもそも聖書は「嘲笑的な言葉を慎みなさい」（「イザヤ書」第二十八章二十二節）と忠告しているではないか。しかし彼は、文節を区切って、

「つまり、奥様は、日記を、書いて、いらっしゃる……」

さらに早口で、

「それとも、まさか小説を書こうなんて気を起こしたんじゃないだろうね？」

それから肘掛椅子にふんぞり返って、満足げに目を閉じて、私が大嫌いなにおいのする彼の愛用の太い葉巻の煙を

心地よさそうにふうっと吐き出すと、皮肉な調子で付け加えた。

「その傑作を読んで聞かせてくれよ……全身を耳にして聞くから」

もしこれが私ではなく、「自分のために……」書いていると私に告白したのが彼であったなら、どうなっていただろうかと私は考えた。どれほど私は注意を払い、彼の仕事を尊重したことだろうか！　私には彼を馬鹿にするなどという考えは決して浮かばなかっただろう。そこで私は、夫が、本人が言うところの「自分のために」書いている何人かの女友だちについて考えてみる。彼女たちは、いかなる関心をもって、どれほどの尊敬を込めて、そのことについて私に語ることか！　なぜ女も夫の嘲笑を引き起こすことなく、「自分のために」書くことができないのだろうか。私はあまりにも屈辱的な目に遭わされ傷ついたので、いらいらしてインク壺の蓋を閉め、私の惨めなノートを大急ぎで整理棚のうず高く積み重ねたシーツの下にしまい込んだ。ノートはそこに四か月以上もそのままになっていた。今日になってようやく私はそれを再び手に取った……

四か月の不快感、しつこく悩ませる恨み……どう言えばいいだろうか。いつものように私は非難や不満を言い表わさずに、あるいは、決して終わりまで言わずに、言いかけては止めてしまい不十分なまま表明して、毎日少しずつため込んでいった。というのも、我々は夫を前にするとこのように反応するのだ、というかむしろ反応せず、自分の心の中をもっとはっきりと見極めて、自分の感情を言葉にするために、ひとりきりになるのを待つのである。しかし我々の舌が麻痺しているとはいえ、我々が行なう動作すべてが言葉とは別の仕方で意思を表わす。引きずるようになった我々の歩き方、いつもより厳しく鋭い我々の声、より険しい我々の眼差し。閉めるときに我々が叩くドア。そして硬化し、我々をつねに夫の意見に反対するように、あるいは仄《ほの》めかしや、長いことくすぶって表に現われず、その結果、海中林の如く、森の苔《こけ》の如く増殖する非難でいっぱいの沈黙に陥るようにしむけるこの意志。フィリップはもう混乱して分からないだろう。彼にはそれがさっぱり分からないだろう、決して問題の核心、根本を見つけられないだろう、根源にまで、萌芽にまで遡れないだろう。我々にも根源にまで遡れないことがある、そうして何がそれを増大させたのかを忘れて、我々の恨みの最後の増殖を育んでいることがある。何日も何日も、我々はまるで自分がうねりに持ち上げられたように、すさまじい高波が揺さぶる水のかたまりとそっくりなように感じる。そんなときには、我々の声はさらに咎《とが》めるようになり、黒い嵐をはらむ。しかしそのすべての原因、本当の、そもそもの原因は、その理由は？

まず、彼らは敬意を払わない――それはみんな知っている、彼らはそれを認めている、とりわけこの国では（しかし私は他の国の男性のことはよく知らない）――そして敬意の欠如の次には、彼らの利己主義、虚栄心がある、そして彼らの虚栄心の次には、彼らの逆上が、そして逆上の次には無理解が、そしてそれらすべての次には、彼らが私たちをだましたということがある、なぜなら彼らは以前には別人のように見せていたから、彼らは彼らの本当の姿を、彼らが我々に期待し要求することを、彼らの愛情と彼らが言うところの我々への崇拝のもとに、隠しおおせていたからである。したがって、彼らにとってそれは、彼らの本性の欲求に一致しない、一時的な態度でしかなかったにもかかわらず、我々は彼らがつねに愛と崇拝そのものであると信じ込んでしまった。ところで我々が望むこと、それは我々の人格への崇拝であり、我々によって受肉した愛の礼賛なのである。

しかしながら、我々が住まいを、ベッドを、人生を分かち合うこの異質な人種に対して、私はまだ何かを期待している、私はそう感じる。いったい何を？　夫フィリップを体験した後で？　ピエール・Mを体験した後で？　それにステファヌとの体験があったことも認めるが、私はそれをあまり重視しなかった、なぜならあのときはフィリップしか頭の中になかったからである。

　ところで、白状しなければならないが、私はまた別の愛が欲しい。しかし私はもう二十歳の若く可愛らしい顔をしていないし、三十歳の溌剌《はつらつ》とした顔ですらない。そのうえ、私は今では、何が私を待っているか、何がこの世のあらゆる恋愛を待ち受けているか、何が愛の代償になるか、男に何を期待できるか、というよりはむしろ期待できないかが分かっている。しかし、なぜだか分からないが、私はまたもう少し彼らの芝居を、幕が上がる前の彼らの素敵な芝居を試してみたい。彼らのプロローグを。というのも、彼らにとって愛はプロローグの中にしか、下がったままの幕の手前でつぶやく台詞の中に含まれているにすぎないからである。いざ幕が上がって芝居が始まってみると、それはまったく別物になる。最初の台詞から、俳優たちの間にこうした感情の行き違いがあったならば、いったいどうやって芝居をうまく演じられようか。

　我々女は恋人だったのに、男たちは我々を主婦に、飯炊き女にしてしまった……それこそが我々には許しがたいことなのである。

　昨日の晩から雨が緑の草木に、そして洗ってまだ一週間にもならない窓ガラスに降り続けている。これで何もかもやり直しだ、まったく家事は切りがない。私はそれに不平を言っているわけではない。とにかく、私はオフィスの仕事よりも家事の方が好きなのである。そうだ、窓ガラスを洗うのでさえ！　ところで、私はフルタイムで何年も会社勤めをしていたし、今は毎日午後にオフィスでタイピストの仕事をしているのだから、どちらの仕事についても事情を分かった上で話すのに私ほど適当な人はいない。こんなわけで、毎朝私の手は主婦の手になり、午後はタイピストの手となる。いずれにせよ、ほこりかカーボン紙でしみのついた、汚れた手である。こうして、手に白さを、清潔さを取り戻させるために絶えず続けなければならない戦い、それは主婦やオフィスの同僚たちが知っていることである。オフィスの同僚たちの多くが職業と家に帰ってからの家事とを掛け持ちしている。しかしカレンダーの中の一日で女がしないことはあるだろうか。彼女たちにとって、それはひとつの仕事ではなく、十、二十の仕事である。そしてひとつの仕事を片付けると、彼女たちは直ちにまた別の仕事に取り掛からなければならないのである。

男は、自分の職業にしか従事しないので、もしひとたび工房やオフィスでの一日が終わってから何か他の素人仕事をしているとすれば、それは自分がやりたいことであって、楽しいからである。彼の生活と彼の妻の生活とを比べてみてください。彼が一日中働いて家に帰ってくるところを想像してください。彼女と同様に。彼には食卓につくのを待ちながら、寛ぐときがやってきた。ところが、彼女にとっては、それは夕食の支度をすべきときなのである。さて彼には、皿の前に座る時間がやってくる。彼の手伝いなしに作られた食事の前に座り、その食事を取り、それから食べたり飲んだり、かなりの数の皿やコップやフォークやスプーンを汚してから、たばこを吸ったり、読書をしたり、あるいはうとうとするために肘掛椅子に座りに行くといった、彼にとっては、またもうひとつ別の息抜きの時間がやってくる。一方、その間、片割れ、彼の妻の方はと言うと、彼女も、あるいは自宅で、あるいは彼と同様にオフィスや工房で一日中働いていた。でも、彼と同様に家に帰ると、彼女は食事の準備をしなければならず、さらに食事の間は、夫に給仕をするために、オーブンからテーブルまで走って、ほとんど食べる時間もないくらいに絶えず立ち上がらなければならなかった。というのも一般的に――誰がそれを否定できるでしょう――彼はいつも食べるのが早すぎる、まるで飢えているみたいに食べ物をがつがつ食べる。だから彼女が座るや否や、彼女がスプーンを口に運ぶや否や、彼の方はすでに空になった皿を前にして、眺めている、何も言わず、でも自分が待っているということを示す。ところがこの沈黙は、実際には、まずうまく取り入り、それから反論の余地を与えない大演説である。彼女は耳が聞こえないわけではない、とんでもない、それに目が見えないわけでもない。彼女には彼が苛立《いらだ》っているのがよく分かっている。そこで彼が次の料理を待たなくてもいいように、急いで彼女も倍の速さで食べる。そして彼女は再び皿の前に数秒座る、あいかわらず彼よりも遅れて、それで、彼女は夫が嫌う料理と料理の間に待たせるということをしないように、時間を稼ぐために、自分自身の皿はちょっと少なめにして、夫のはちょっと多めに盛り付けるのが徐々に習慣になっていく。そして再び座るか座らないうちに、ほら、彼女が頑張ったまま立ち上がった、以下同様。それからチーズ、果物、コーヒーの時間がやってくる。これは彼女が洗わなければならない汚れた食器の山が一層増える時間であり、一方で夫が好み、気分がよくなり始める時間でもある。なぜならば、彼の眼前には、その皿の山がどうなるのか気にもかけずに、タバコを吸って休憩しに行くために食卓を離れるという快適な展望があるからだ。一方この女――彼の妻――は、食事中は一瞬たりとも寛げず、目覚めてからずっと走り続けていたが、彼女にとって一日の終わりは彼と同様に仕事の終わりを示すわけではなく、彼女にとって来るべき夕べとは、いったん食器を洗い、拭き、元の場所に片づけたら、数時間の繕い物、縫物、どうしてもしなければならない洗濯を意味する。

というのも主婦の仕事は農民の仕事のようなものだ。始まりも終わりもない。しかしそれは収穫の報酬も冬の間の仕事のペースダウンも知らないみたいな農民のそれだ。それにもかかわらず、〔犂《すき》でつけた〕畝《うね》溝あるいは床に屈み込み、地面にあるいは台所のタイルに片膝をついて、物質と格闘しているときの、身を起こしては改めて屈む、置いて、持ち上げて、注いで、汲んで、浸す、その仕草や姿勢や労苦ほど、互いに似通っているものは他にない。

そう、この世には息抜きの時間を経験したことがない数えきれないほどの女性がいる。それでこうしたとげとげしさが蓄積され、こうした緊張が、こうした過電圧が発生する。世界中を巡る電流のように。目に見えないし、どの新聞にも報じられないこうした潜在的な激高。というのも革命を行なうのは男であり、女が男のこの大望を手伝うときは、自分たちの利益になるようにそうするわけではないからである。

しかし、我々の仕事が我々は好きだ。我々が好きじゃないのは、不公平である。我々を憤慨させるのは、余暇をぜんぜん持つことができない、ということであり、それは我々よりも自分の方が強くて頑健だと譲らず、我々を愛している、我々を守りたいと言い張る彼のせいなのだ！　我々が好きじゃないのは、彼らと我々との間のこうした連帯の欠如であり、彼らと我々との間の毎日しなければならない家事の分担のこうした根本的な間違いなのである。いったいいつになったら彼らは正義の意味を学ぶのだろうか。それでも正義は時には国会や大聖堂で彼らに声を張り上げさせ、〔デモや蜂起のために〕街へ繰り出したり、バリケードを築かせたりする。彼らは、時には、この大層な言葉のために命を捧げることもあるように思われる、そして確かに、彼らが実際にそうすることもある。彼らは箒《ほうき》よりも銃や軽機関銃を、ブラシや石鹸よりも立派な旗を手にする方を好み、自分たちの手の届くところにあり、彼ら自身がその張本人である不正を取り除くよりも、不正の抽象的な徴候を徹底的にやっつける方が好きなのである。彼らは、二千年前から狼と子羊がともに草を食《は》む未来の緑の牧草地〔「イザヤ書」第六十五章二十五節〕に感動してきたように、来るべき正義を喚起する方がいいのである。それは彼らをたいしたことには巻き込まない。当分は夜のとばりが毎晩、たった一国ではなく、世界中に広がるこの不完全な王国に降りる。そのうえ実に多くの種類の不正がある。私たちの日々の空は、天の川に覆われたように不正が星のようにちりばめられ、そのしぶきが飛び散っている。知性豊かな人でも不正のすべてを数え上げ、そのすべてに名前をひとつずつ付けていたら、訳がわからなくなってしまうだろう。いずれにせよ、私たちはみんな、かわるがわる不正の張本人と犠牲者になるのではないだろうか。しかし、今私がこのノートの奥底で、自分だけではなく、世の中のすべての主婦の名において、さらに生きている主婦だけではなく、もはや灰と骨でしかなく、一生を通じて汚物や泥や〔神が人間を創られた〕原始の泥土と付き合った後、今では冷たい石の下に横たわっている主婦の名においても、そうしているように、私たちが声を張り上げるのは自分が犠牲者のときである。ところでヴィクトル・ユゴー[003]が愛する死者たちにしていたように、眠りについた彼女たちに話しかける人、彼女たちの墓の草を踏み、彼女たちの声を捉えようと、彼女たちの嘆き声を聞こうとする人は、もはや誰もいない。しかしユゴーは彼女たちに、主婦としてではなく、女として、と言うよりも、食器類や、リンネル用のつやつやとした布が沸騰する釜、ジャム用の鍋、〔タイル洗浄用の〕緑石鹸、ワックスの瓶のことをすっかり忘れてしまった魂として、質問したのであった。しかし私にはそれが信じられない。彼女たちはあの世でまだ気に掛けているはずである。なつかしがっている女性もいるかもしれない。この世で彼女たちは牛乳瓶とか買い物籠《かご》とか、凡俗な物しか手にすることがないとこぼしていた。「でも今は、もう煙しか手にできない」、と彼女たちは言っている。そして懐かしんでいる、そうですとも、自分たちの鍋を、いっぱいになった買い物籠を。というのも家事をする女性にとって、そこにこそ生活のちょっとした喜びがあるからだ。買い物籠を持って、買って、買いまくって、籠の持ち手のところまで物でいっぱいにする。それから家に帰って、籠から中に入っている物をすべて取り出す。テーブルの上に一キロの米、五〇〇グラムの焙煎したコーヒー豆、二五〇グラムのバター、一ダースの卵を並べる、それがいくらになるのかあまり考えずに、考えたりしたら、喜びに水を差してしまうだろう。ところで、こめかみをずきずきさせ、胸を締め付ける難しい足し算と引き算を思うと、食料品店に足繁く通う喜びの輝きが陰るという女性がいることもまた天に向かって、いつの時代でも叫ばれていることであり、いまだに草や木蔦《きづた》の下で彼女たちに涙を流させていることなのである。

もしどうして私がオフィスの仕事よりも家事の方が好きなのか聞かれたら、私はきのうマルグリットが私に答えたことを答えるだろう。

「家事をする方が活気があるわ。タイプライターでミスタイプのない一ページを打っても、まあ、ミスタイプのない一ページ。それで？　どんな喜びが私に与えられる？　それに引き換え、もし窓ガラスをきれいにすれば、それで部屋全体が明るくなって、満足感を得られるし、うれしいし……」

「マルグリット、あなた本当に窓ガラスを洗ったことがあるの？」

状況の一時的な悪化だけのために職に就くことを余儀なくされた、こんなにもエレガントな女性がスツールに乗って、片手にシゴリン〈現在でも存在するスイスの掃除用の洗剤〉のチューブを、もう片方の手にバックスキンを持って、窓ガラスを磨いている姿なんて私にはとても想像できない。

「当然でしょう。ねえ、ジャンヌ、私は結婚してからとても厳しい時代を乗り越えてきたのよ。私の夫はものすごく浪費家なの。正直言って、私は逆よりはその方がいいけどね……我が家ではそれでいつもちょっとジェットコースターみたいだったの。この八年で、ボートがひっくり返るのを防ぐために、私がオフィスで働き始めなければならなくなったのはこれで二度目よ……私たちは何年も続けて、住み込みの使用人や家政婦を頼まないでやってきたの……それも悪くなかったけど……」

そうだ、家事はデスク・ワークよりも活気があって、変化に富んでいる。でもそれならオフィスが私たちに提供する物と比べて、家の中の物については、どう言い表わせばいいのだろうか。タイプライターのキャリッジにはさみ、タイプで打って、それから絡まり合った行の中に小さな虱《しらみ》のように隠れているタイプミスや間違えを見つけて、余白にバツ印をつけながら声を出して読み返すこれらのページをどう比べたらいいのだろうか。そしてタイプのフレームに結び付けた紐《ひも》の先にぶらさげた消しゴムや一連の薄紙やカーボン紙の箱や、封筒や、穿孔機《せんこうき》など、これらのものをどうやって、家で私を待っているものと、すべての住まいで女性たちを待ち、彼女たちに注意と心配りを懇願するものと比べたらいいのだろうか。これらの丸い形、ふっくらした形、くぼんだ形。手が愛している、手を愛しているこれらの瓶、碗、コーヒーポット。これらの受け皿、これらのカップ、手触りのこんなにもなめらかな、肌に心地よい、磁気製のすべての物。水差し、ふくらみのある、釉《うわぐすり》をかけて、ひび焼きにした陶器。そしてこんなにも安心させてくれるスープ鉢と、いつもそこにあって、準備ができていて、味方になるティーポット。食器戸棚の棚に積み重ねられ、待ち合わせを守り、私たちの毎日という名の、上を下への大騒ぎに参加する用意のできているすべての食器たち。そしてダマスク風のテーブルクロスやシーツや枕カバーやナプキンやハンカチが積み上げられている家庭用布製品を入れる整理箪笥！　箪笥を開けさえすればよい、それらは期待を決して裏切らずに、私たちの一生の間に変わることのない物の象徴として、私たちが失ったすべて人々や私たち自身よりも後世を生きる。トレーシングペーパーよ、タイプライターよ、それに引き替えておまえたちは何と陰気な顔をしていることか！　また私たちがひとまとめにして「我が家」と呼ぶ、手入れが行き届き、よく維持された、その他のすべてについては言及さえしない。我が家はしばしば我々を、変化や引っ越しや旅のどんな予想にも怯える出不精な猫にする、我々を、わずかなほこりにも気落ちし、いたるところからそれを追い出すことに躍起になるあの整理狂、あの清潔狂へと変貌させてしまう。そして最後に彼女たちは、生活が〔整頓してあったものを〕散らかし、汚し、傷め、破壊するので、生活を家から追い出してしまうだろう。そうだ、生活を追い払おう！　ああ、絶対を追求する我が姉妹たちよ、私はあなたたちのドン・キホーテ的やり方を知っている。このやり方もその侍者を太らせず、むしろ骸骨の状態に陥れる。というのも雑巾を手にして精根尽き果てることも、放っておくや否や、再びいたるところに忍び込み、灰色と青の数えきれない大隊や、ほこりの小さな玉の群れを編成し直す、隙を狙う、嘲笑的な敵に最後の一瞥《いちべつ》を投げて、息を引き取ることもありうるからである。他のすべての大義と同様に、殉教者や聖女を生み出すこの大義を笑わないようにしよう。これはその忠実な信者に、個人で行なう聖職を要求するということを思い起こそう。ところで本当に危険なのは行列を組むように人間を集める大義だけである。ひとりの女性を駆り立てて、目撃者もなしに、たったひとりで、せわしなく動き回らせる大義などではない。

そうだ、家事の魔力の前で、オフィスの仕事は詩情に欠ける。それでも私はオフィスが好きだ、そしてこんなにも私を好きにさせるのは、そこでしている仕事ではなく、なんとしたことだ！　さらに私たちをあまりにもきちんと調整された時計にしてしまうあの規則正しい労働時間でもない。そうではなくて、私がオフィスで好きなもの、そして私はオフィスではなく工房や店で働いていたとしても好きだったであろうもの、それは他の女性との触れ合いなのである。私はオフィスで、私が小学校や中学・高等学校ですごく好きだったものを手に入れたのである。この友好的な同職組合、同じ好みが近づけ、すべての道の終着点に同じような運命が待ち受けている、一緒にいると飾らずに、本心を隠したり策略を用いたい気持ちから解放されて、自分が自分自身であると感じることができる人同士の、この全部言わなくても分かり合える相互理解。その他の人たちと、男たちと向かい合うと、どの仕草も、どの一瞥も、どの言葉も、密かな思惑に、隠れた問いかけに、回りくどいアプローチに、防御と逃走のきっかけにだってなるのに。そして宙に投げなければならないこの錨は、この呼びかけは、何と疲れることか！　そしてつねにこの文体や口調の移調、布切れを染料溶液に浸して、ただその色でいいかどうか、色がついているかどうか見てみるために、溶液からそれを引き上げるときのように、言葉や仕草のテストを行なわなければならないこの必要性。女同士の場合、何が問題なのか、だいたい分かる。ひとりにとって黒であれば、普通、もうひとりにとっても黒である。試験や再試験に頼る必要はない。そうだ、私がオフィスで好きなのは、彼女たち、マルグリット、クララ、シルヴィア、テレーズ、ルイズなのである。私はいつもこんな風だった。思い出を遡ってみれば十分である。すでになんと長い行列だろう！　なんと多くの温和な笑顔だろう、まず少女たちの、次に若い娘たちの、次に若い既婚女性たちの、そして今や私が知り合った女性のほとんどはもうそんなに若くない。彼女たちは私と同様に、我々の一日が、夕暮れ、次いで夜が来るまでの間、午後の終わりの方へ進んでゆくまさにあの瞬間に——あの移行期に、と言おうか——いる。これらの女性の顔はすべて、もうほどんど見ていない顔でさえ、私は姉妹のことを考えるように愛情を込めて考える。数学の教科書や『ジャン＝クリストフ』[004]やツェルニー[005]や刺繍《ししゅう》の上に傾けたなんと多くの優しい女性の顔。彼女たちみんなと私は生活できただろう、みんなと友だちになれただろう。そしてこの気持ちを和らげ、安心させる行列に対峙して、こちらに男たちがいる。しかし彼らは少ない。そして奇妙なことになんと彼らは大きく、尊大で、視界を遮るように見えることだろう。なんと彼らは重く、何と場所を取っていることだろう。彼らの人数がもっと多かったら、私は、私の重すぎる舟は、確実に、積み荷もろとも海に沈んでしまい、そして水が私の頭上で再び閉じてしまったことだろう。ところですべての男の中で最も重く、最も重荷になっているのは、私の夫だ。しかしこれからはもうそんなに重くはなくなるだろう、私はそう願う。

　そうだ、毎日の生活となると、仕事やささやかな楽しみや散歩となると、私は、男性よりも女性と一緒に過ごす方が好きだ。彼女たちのそばにいる方が、私は息をするのが楽にできるし、安心感がある。既知のこと、経験済みのこと、明白なことを前にして、あらゆる謎が排除される。私は病気のとき、男性に私の看病をしてもらいたくないし、湿布を貼ってもらいたくない。結局、これから先、私はどんなときに、男性にそばにいて欲しいのだろうか。考えてしまう、私にとって彼らが意味していたのは、いつも危険、戦い、困難、罠、呪い……他には何だろう。ああ！　我々は恩知らずだ、彼らよりももっと恩知らずだ、しかも我々は不満を培養することができる、そして私は、我々と異なり、我々にはまったく理解できず、その奇妙な性質について絶えず我々に謎をかけ、絶えず我々の足下に深淵を穿《うが》つ人間と接するのがどれほど魅惑的か忘れることもある……

「深淵ですって！　なんて大げさな言葉。ボルナンさん、あなたはずいぶんナイーブだと思いますよ、それに恩知らずでさえありますすよ……」

産院に訪ねた若いあの女性の笑い声が聞こえるようだ。子供を産んだからだろうか。それが私の妹たちを直ちに現実の世界に置くのだろうか、彼女たちに、他の女たちには極度に欠けている感覚や予知能力を与えるのだろうか。というのも、私は子供を産んだことがない。だから二十歳近くも年下の女性たちの前で、私はときどき若い娘のように見える。

「男というのは」と産後の床についている若い隣人は私に説明した。「ほんとに、単純そのものなんですよ！　何かあるだろうとあなたが想像するところに、たいてい何もありません。そうですよ、ほんとに。幸い私はすぐそのことに気づきました。結婚して二、三か月後にです。以前は私もあなたのようでした。私のフィアンセ、それから私の夫になった人の眼差しがなんとも瞑想的で計り知れない様子で、あるあいまいな一点に注がれているのを見ると、私はすぐに、彼には私の理解できない思考があると決めてかかり、彼が私には参加する資格がない討論会を頭の中で続けている最中だと想像していたんです。まあ、いったい彼は何について考えているのかしら。私は、彼の内にあると思っていた、そして自分はまるで入り口に置き去りにされたように、そこから締め出されたその精神生活に、すでに嫉妬を感じていました。えい！　このドアをそっとノックしてしまえ、ちょっと開けて、半神の瞑想に参加しなくては。この秘密の会議に出入りを許されて、もしあるとしたら彼の秘密を暴かなければ！　というのも、もしかしたら、そう、もしかしたら彼は私に何か隠しているのかもしれない。ああ！　知らなければ、知らなければならない……でも彼に質問する権利が私にあるかしら。私にとってそれは文字通り良心の葛藤でした。私はためらいました、胸が高鳴りました。いや、何も尋ねないことにしよう。でも数秒後には、もう口をつつしむことができなくなりました。そこで恐る恐る――ちょっとした爆薬を取り扱っているように私には思えました――『ねえあなた、何を考えているの』と私は尋ねました、大惨事を引き起こすだろうと覚悟していましたが、非常に驚いたことに、私はまだ生きていて、自分の足で立っていましたし、周りを見回すと、椅子やテーブルは所定の場所にあり、カーテンは確かに揺れていましたが、でもわずかな風に揺れているだけでした。さらに驚いたことに、彼が私の目の前にいて、何か分からない私には難しすぎるものに向けられていると想像していたその視線を、私の上に据えたのです。その視線は、実際には何にも注がれていなかったのです。そのことが徐々に私には分かってきました。彼は何という子供じみた驚いた様子で私に答えたことでしょう。『いや、何にも……何にも……』初めは彼の言うことが信じられませんでした。けれども彼は本当のことを言っていたのです。夫は何も考えていなかったのです、そうでなければ、たぶんネクタイとか、マッチ箱のことぐらいです。断言できますよ、奥様、彼らはたいていい何も考えてはいません、読書に没頭しているときや、仕事上の難題と格闘しているとき以外には、つまり弁護したり、病人を聴診したり、機械を調整したり、戦争の準備をしたりしている最中でもなければ……」

　その若い隣人は口をつぐんだ。沈黙があったが、その間私は、四十近くになっても自分には解けずにいる謎に対するこれほどの洞察力に舌を巻いていた。この深淵は、我々の中にあるということなのだろうか。そして我々の人生における男の、愛する男の存在は、我々に、ネガの白黒をはっきりさせる役目があるあの現像液のように作用するということなのだろうか。彼が心ならずも、それと知らずに、我々に深淵を自覚させるからといって、綱につながれた犬が飼い主の後をついて行くように、その男だけに付き従うほど、それほど我々は自分のことが好きなのだろうか、それほど我々は自分自身の深淵に魅了されているのだろうか。それならば愛さなくなるということは、もう男のそばで、自分自身の深淵の上空を飛んでいるような印象が与える、この種の陶酔を感じなくなるということなのだろうか。

　若い女性の顔は、すでに母親の顔になっていたが、再び輝いた。

「分かりますか、ボルナンさん……赤ん坊だけが大切なんですよ……」

　彼女の年の頃には、私は、私たちが中学・高等学校で言っていた言い方をすれば、「すでに」誓約しないように、「すでに」愚鈍にならないように、婚約を破棄したのだった。とにかく私たちはみんな、自分たちではとても自慢に思っていたが、少し怪しげなスローガンを持っていた。私たちは実際は極めて慎み深く、真面目で、〈難題〉や〈箴言《しんげん》〉と格闘している未婚の若い娘であっただけに、なおさらである。ところで私たちのスローガンというのはしばらくの間、「恋愛賛成！　結婚反対！」だった。思春期の終わりには、恋愛という言葉を強調して、結婚という言葉をかっこに入れていたが、それが私たちに他の人と同じように結婚することを妨げたりはしなかった。私の妹たちは変わったのだろうか。ここ数年、若い人が「大切なのは赤ん坊……」というのを耳にするのはこれが初めてのことではない。

私は子供を産んだことがない、そして――それはフィリップと私の唯一、意見が一致している点であるが――将来も持たない。私は人類を永続させたいと望むほど、人類を敬服してはいない。結婚に私が求めたのは、私はますますそう感じ、よく分かってきたのだが、それは家族ではなく、愛である。とにかくそれは、私が鍋の中で煮ているものにしか興味がないように見え、オフィスから帰宅するや否や、すぐに食事にしないのか尋ね、食べ終わるとすぐにタバコや新聞を要求し、私がきちんとコートのボタンを付け直したかどうか知りたがり、この点について安心すると肘掛椅子で読書をし始め、寝る時間までそうしている男の存在ではない。

誰が私の様子を見て、私が奥深く秘めた冒瀆《ぼうとく》的な言葉に愛着を抱いているなどと思うだろうか。

フィリップからの便りが二週間近くない。その代わり、また戦争の不穏な気配がしてきた。避けられないようだ。したがって一九一四年から一九一八年の戦争とその惨状は、人間の条件についてよく考えて、おそらく戦争をやめるよう終局には人類に厳命するような唯一の状態に、つまり寝《ね》藁《わら》の上のヨブ[006]の状態に人類が達するにはまだ十分でなかったことになる。辛抱して待つに限る。スペイン内戦は、もし人類が本当にその火蓋を切るならば、今度のヨーロッパあるいは世界戦争がどのようなものになるかを私たちに予測させる。多くの人がその準備をする一方で、他の人たちはそれを甘受しているようである。カタルーニャ地方の都市が松明のように燃えてから、そして航空兵が、パン屋や印刷屋のように夜勤を行なってから日が浅い。私たちは航空兵の夜勤を、子供の小さなベッドやガスレンジや本棚に投下される爆弾を予想していなかった。我々女は何も予想していなかった。いつものように我々は彼らにまかせておいた、彼らが威《い》嚇《かく》し合い、分列行進し、殴り合いになるのをそのままやらせておいた。我々は彼らが怒り狂うのを眺めていた。〈歴史〉を通じて、我々は彼らが怒り狂うのをいつも放っておいたようである。そして母親として自分の子供には罰することを、我々の子供が一人前の男になると称賛するのである。叱責どころか尻を叩くお仕置きにも値していた行為に女たちが他の名を付けるには、小さな男の子が成人するだけで十分なのである。そんなわけで「残酷」や「暴力」という語は、突然、勇気や勇壮さを意味するようになる。

しかし我々はずっと前から、我々がわざわざ休みなく作っているものを彼らは、ほらあそこで休みなく壊し続けるということを知っていたはずである。我々は作り、そして彼らは壊す。彼らは自分たちの理論を次々と壊しさえする、世代が代わるたびに、信条を取り替え、彼らの常軌を逸した殺戮を正当化するためにつねに新しい名を探す。ところが我々は、「ちょっと待て」と彼らに言うどころか、彼らの後について行こう、彼らを理解しよう、彼らから献身証明書をもらおうと努力する。しかも、それは彼らに気に入られたい一心ですることなのである。そして守り、片付け、すべてをできる限り良い状態で維持するのに向いている我々が、彼らの言葉を、彼らの言葉すべてを、最も気違いじみた言葉までも、ためらわずに繰り返す、彼らの言葉は我々の言葉ではなく、そうなり得ないのに、そしてこのレスポンソリウム〔教会用語で答唱の意。グレゴリオ聖歌で、斉唱による詞句と独唱による詞句が交替する歌い方〕に参加するのは受け売り以外の何物でもないのに、である。

これが我々の現状である。男のひ弱な蜂児《ほうじ》の世話をするためには、我々の愛情と執念のすべてを傾けても十分すぎるということはない。我々は彼らに歩くことを、話すことを教え、彼らを育て、彼らに食べ物を与え、彼らに服を着せる。だが我々の手を、我々の家を、我々の目の警戒怠りない監視を逃れるや否や、ほら彼らは大挙して姿を消してしまう。どこへ。それから、女の手によってあんなにもよく世話の行き届いた、あんなにも清潔で、良い身なりをさせてもらったあの肉体がどうなったかを歴史の本で読むことになる、映画館に観に行くことになる。大事にされ、体を洗ってもらい、いつも決まった時刻に食事を与えられたあの人たちは、彼女たちから遠くで、ほら、傷や汚物にまみれている。それから彼らは数百万人単位で、恐怖に目を閉じ、世界各地のあらゆる戦場で死んでいく。彼らは、我々から離れて遠くまで出かけると、我々の住まいを離れると、仲間の点呼に答えるために我々の声を忘れてこうなるのである。しかし我々が少女の頃、彼らはすでに、我々がとてもよく手入れをして可愛がっている人形を、一瞬、奪い取るとすぐに、いつもそれを壊し、中に何が入っているのか見るために頭と胴体をばらばらにする方法を見つけたものだった。彼らはそこから籾殻《もみがら》が血のように流れ出るのを眺めるために、その腹を切り裂くのだった。すでに！

でも彼らの邪魔をするには、彼らの手先にもうならないようにするには、どうすればいいだろう。難しい。この男女の共犯、その動機は知れたことだが、この共犯は必ずしも我らが姉妹の〈かまきり〉が至る過激な行動が不可避である、あるいはそう見えるのと同じように不可避であるとは言えない。成人男性の殺戮公害を無力化する方法を必ず見つけねばなるまい。一九一四年から一九一八年にかけてそうであったように、そして今日では、予兆としてかもしれないが、スペインのあれだけ多くの地方や都市や村がそうであるように、いつかその殺戮公害が地球全体を焼け焦げた砂漠に変えてしまう恐れがあるからである。すべての兵士が成長するのを、開花するのを妨害しなければならない、そしてもしかしたらすべての学者が発明するのを妨害しなければならないかもしれない。そこまでやらなければならないだろうか。みつばちの社会は人間の社会よりもずっと古くて進歩している。それがどういう段階を経てこれほど完璧な生命と仕事の組織化にまで至ったか誰に分かるでしょうか。この完璧な状態が実現するための条件のひとつが、一定の方法に従って定められ、遂行される、紛争の種をまくオスの試合からの退場ではなかったか誰に分かるでしょうか。ともかくオスの役割を果たしたらすぐ、それらを生贄《いけにえ》として捧げる、それはひとつの巣のみつばちの群れが生き、繁殖し、続いていくためである。みつばちがついにこの過激な行動に至るまでには、何千年にもわたって続いた惨禍とみつばちの種の完全な絶滅の脅威が必要だったのかもしれない。

だが我々はみつばちではない。我々は、男たちが行動するのを眺めている、彼らの注意を引き付けようと努めたり、自分のそばに彼らをもっと上手に引き止めておくために、彼らにお世辞を言おうと努めたりする。我々はアリストパネス[007]の喜劇の一作品の女たちに倣って、我々の愛を取り上げようとしたことさえない。とにかく私が考えるには、そんなことをしても何の役にも立たないだろう。すでにギリシアの女たちはどうすることもできなかった、しかも彼女たちは我々よりも美しかったのだから。そうではない、彼らから取り上げるべきなのは、多くの愛ではないと私は思う。そうではなく、家事である。我々は彼らにもう食べるものを作らないようにしよう、我々はもう彼らの面倒を見ないようにしよう。そうすれば彼らは自分でベッドを整え、自分で食事を作り、自分でちょっとした洗濯をして、アイロンをかけるだろう。我々は彼らが靴下を繕ったり、新しいのを編んでいても放っておこう。世界中がそれによって変わり、〈歴史〉の流れが確実に変わるだろう。

我々はもう絶対に彼らの言うことを聞かないようにしよう！　もう我々は彼らのもので、もっといっぱいになるように自分を空にするあの花瓶ではなくなろう。我々はもう彼らが黒板に書いた間違いを消すあのスポンジを巧みに操る女ではなくなろう、我々はもう彼らを褒め称えるあの召使いの合唱隊ではなくなろう。

でも私はそれで十分かどうかわからない。それではどうする。

ああ！　もし私が男だったら、用心するだろう……あといくつかこのスペイン内戦のような戦争が起きて、あと何回も死体が、子供の死体さえもが散乱する廃墟と化した国が出てくれば、女たちの目は開くかもしれない。そうしたら彼女たちの激怒は沸き上がり、情け容赦のない大惨劇をもたらすだろう。効果的に。というのも我々の方が人数が多いからである。

そうだ、男たちは用心すべきだろう。もっと頻繁に考えるべきだろう、みつばちについて、みつばちの巣の平和について。みつばちの巣の平和のために払われる代償について……

今日の午後、私は、戦争の勃発と継続のほぼ全面的な責任は男にあると思うと同僚たちに言った。驚いたことに、彼女たちは私に賛同しなかった。彼女たちは母権制が必ずしも地球上の平和維持をもたらすとは考えていない。

「女は男よりもひどい」唖然《あぜん》としたことに、マルグリットはそう言った。

「女は男とは違う」と私は返した。「だから女が引き起こす災害も男とは違うでしょう。ところで何千年も経っているのだから、他の災害や、災害を変える権利が我々にはあるんじゃない？……」

みんなが笑った。でも何か笑うことがあっただろうか。

予定していなかったのに、フィリップが週末を過ごしに家に帰ってきた。彼が着いたところを見て、赴任先から引き上げるのを早めたのではないかと私はとても心配した。そうではなかった、幸いにも逆だった。彼はまだしばらくドイツ語圏のスイスに滞在する。それでどうしても二日間自分の家で過ごしたいと思ったのだった。とても驚いたことには、彼は、もしかするとロンドンに転勤しなければならないだろう、もしそうなったら私たちはふたりで行かなければならないだろうと私に告げた。イギリスに住むこと自体は悪くないだろう。でも彼と一緒に？

それからさらに彼は私に別の話をして、私を髪の付け根まで真っ赤にさせた。

「ジャンヌ、その貞潔にはうんざりだ……そっちに性欲がないからといって、こっちが修道士のような生活を送る理由にはならないだろう。おまえの夫なんだぞ、まったく！」

決して、もう修道士のような生活など送るまいだなんて！　私に性欲がないからと言って、自分が修道士のような生活を送る理由にはならないだなんて……彼がそんなことを言うとは！　ということは、彼はすっかり忘れてしまったということか！　彼はもう何も覚えていないのだ。私が彼に対して冷たいから、それで私に性欲がないと結論付けている。三年近くもの間、お互いにとって私たちがどうだったのか、なんてことは、彼にとってはまるで存在しなかったかのようだ！　ああ！　男の忘却力には何か恐ろしい、測り知れないものがある。我々女は何でも取っておいて、鍵がかかっているがぎっしり詰まった大きな洋服箪笥にそっくりなのに、男は空っぽの洋服箪笥のようだ。彼らは犬ほどの記憶力もない。彼らが過去の姿と現在の姿とを突き合わせるのにどれほど苦労するかということに、私はすでに何度も注目してきた。彼らにとって姿や特徴は存在しないようだ。というのも彼らは人と人とを、かつて彼らが知り合いになった女性と今目の前にいる女性とを突き合わせることを決してせず、思想と思想とを突き合わせることとしかやらないからである。私の夫は、誓ってもいいが、十年前、私たちが結婚した年のいくつかの政治事件について自分が何を考えていたか、今でもまだ覚えている。だが、その年に私がどんな女だったかについては忘れている。今ではもう彼は、私がずっと現在そうであるような女だったと思っているのである。彼らにとって、性格や内面が変わったり悪くなるよりも、思想の変化や改悪の方が重要なのである。彼らは見解の飛躍や矛盾には敏感で、時にはその原因を分析するのに熱中したりするが、おのが血肉を分けた〔「創世記」第二章二十一－二十三節に、神はアダムから抜き取ったあばら骨で女（エバ）を造り上げたとある〕自分の妻がどうであって、彼らによって、彼らのせいで、どうなったかは気に掛けない。知的な次元で過去と現在とを関連付けているのに、彼らには顔つきや眼差しの変化が見えていない、あまりにも聞きなれた声の変化が聞こえていない。彼らは交互に、今の瞬間に縛られたり、将来を気に掛けたりで――とはいえ程々に――、たいていの場合は過去に無関心な態度を示す。我々は何も無くさず、何も忘れず、我々にとってはそうであったものとそうであるものとが絶えず共存していて、だからこう独り言を言っているのに。『彼は私に対してもう以前と同じではない、どうしてかしら。何があったのだろう、まるでもう私のことを愛していないみたい。最初は――限りなく果てしない一致を心にいつまでも渇望させる、夜明けのみずみずしさを持ったあの初めの頃――最初は、彼は私のことを絶えず見つめ、私の存在を熱望し、私の肉体を渇望していたのに、今はもう私に体があるのを知らないみたいだ、まるで私に顔が付いているのが見えないみたいだ。間違いなく、彼はもう私のことを愛していないのだ……もし私のことを愛していたら、今とは違うはずだ、まだ昔みたいなはずだ……』そうして我々は、我々の思い出からふいに現われたその男と、現在、目の前にいるこの男とを比べる。そして前者は後者とは何の共通点もないことに気がつく。というのも前者は布で巻かれたラザロ〈イエスは死後四日経っていたラザロを生き返らせた。「ヨハネによる福音書」第十一章三十八－四十四節〉のような男だからだ。誰がラザロを過去の墓から蘇《よみがえ》らせてくれるだろうか。私はこうした復活を期待し、準備し、引き起こそうと試みることで人生を使い果たしてしまった女性たちを知っている。私はこの種の奇跡を信じていないし、期待もしていないのかもしれないが、ある日、私には分ってしまった。夫のラザロはもう布をはずすことはないだろうということ、そして現実に生きるだろうただひとりの夫はラザロとは別人、予想外で期待外れの夫の後継者、私がもはやおぞましい言葉の誤用か単なる慣習によってのみその男の妻である方なのだということが。というのも私が愛したのはあの死人の方であり、私と一緒に二日間過ごすために帰ってきた、そして私がもうすぐ別居か、さもなければ離婚を提案するつもりでいるこの男ではないからである。私は彼に別居か離婚、どちらにするか選んでくれというつもりだ。私たちはもはや仲間でしかないのだから、仲間として別れよう。彼はそれに同意するだろうか。

彼の失礼な指摘への返事として、私はもう少しで彼にそう言うところだった。だが話す代わりに、私は冷ややかに、白状すると、少し残忍さを交えた注意深さで彼のことを観察し始めた。それは簡単だった、彼は、私の視線に顔をさらしたまま読書に没頭していた。私はようやく彼の顔を見るような、というよりむしろ、彼の顔を見直しているような気がしていた。ああ！　彼を発見したり、あるいは自分に都合がいいように彼を作り直したりしながら、彼を見直すよりも、いっそ目を閉じてしまった方がいいと私は思った。正直なところ、私の視線が、私の気分や失望のままに彼を加工しているのではないだろうかと訝《いぶか》ってしまうほどだ。というのも視線は、ペンの描線よりもうまく破壊したり、切り離したり、余計に付け加えたり、歪めたり、削除することができ、視線が据えられて激しく襲い掛かる対象を美化したり、飾ったり、あるいは汚したりできるからである。そして視線が撥ねつけるときには、必ず断罪する対象に黒ずんだ色を塗ってから、お払い箱にすることにしたものを必ずむごたらしく歪めてから撥ねつけるのかもしれない。そうである以上スケープゴートと我々がスケープゴートに負わせるものとをどうやって分けたらいいのだろう。スケープゴートは自分の積み荷、つまり我々が彼の背に載せるその積み荷と見分けがつかない。私の夫もまたしかり。そうなのだ、私は彼を見た、そして彼を見ながら、私は彼に荷物を担がせ、さらに荷を積んだ。彼は、私の険のある目付きにさらされて自分が消えかけていることに気づいていただろうか、あるときは黙りこくり、またあるときは饒舌で、話し出すと自分自身の言葉に酔いしれるくせに、私がまずいことに彼のように同じことを繰り返し言おうものなら、直ちに私の言葉を遮るこの男は。自分が言っていることに実際は、私を決して参加させず、講演者か命令を下す将校のように話し、私から賛同や意見を期待することさえしない。彼は自分の感情を表わし、自分の考えていることを言った。それだけで十分なようだ。すぐさま読書かいつもの沈黙に没頭する、自分の言葉、自分の声、自分の語調が自らの背後に航跡を残し、やがてそれが私を取り囲む湖になるのに気づきもせずに。そのとき私が呼吸したり身動きするのに困難を覚えるのは、彼がその態度によってぶちまけた、濃厚で黒い水の中を泳いでいるからなのである。

時折私は、彼もまた私に対して何か謎の恨みを抱いているような気がすることがある。どんな恨みだろう。彼の方では、彼の何が私をこれほどいらいらさせるのか知らないようであるのと同様に、私も私のどこが彼の気に入らないのか知らない。これぞまさしく夫婦の悲劇だ、敵対し、互いに粉砕し合うこの十字砲火、向けられた相手には不可解で当てずっぽうに受け取られる合図。なんら光を供給せず、当事者がその原因をしっかり認識していない重苦しい、漠然とした気詰まりだけを供給する標識灯。

まさにこの私たちを巡る敵対勢力の紛糾ゆえに、私たちは日曜日の晩、エリザベスのことと宗教問題のこととで口論を始めた。彼には決してエリザベスの話をしない方がいいだろう。というのも宗教に関わることはすべて彼にとって、前に私をあれほど傷つけた例の破壊的な皮肉を浴びせる口実になってしまうからである。奇妙な男だ、無邪気に自己満足しているくせに、他人のことになるや、すぐに皮肉を弄する。自分のことを話しているときはなんという仰々しさ、なんという自信！　彼が他人の話をするのを聞いてください、見てください、というのも彼の声の響きまで変化するのですから。彼の声は大きくなり、わずかに甲高くなる。そして残忍な炎が彼の小さな目に灯る。さらに彼を引き立たせるあご、私にとっては彼の最もセクシーな魅力のひとつであった小さなくぼみのある綺麗なあごまでもが、そうしたときには、あの奇妙な冷酷さを帯びる。その冷酷さは、しばらくの間、おめでたい自己満足に取って代わり、ねっとりしたクリームのようにあごをべとつかせる。ああ、タイル洗浄用の緑石鹸で洗われる必要があるのではないだろうか、あのあごは！　やすりで削られ、おろし金でおろされ、こすって磨かれる必要が。結局、私の夫は、この国の多くの男の欠点を持っている。しかし私は決してこの類《たぐ》いの男とは結婚しないと心に決めていたのに。見まがうほどの類似である。時折私には、自分が自分ではなく、私の叔母や母や祖母になって、彼女たちの人生を再び生き始めているように思える。しかし、それを再び生きていても、私は彼女たちのように彼女たちの行動の指針であり続けた義務感を拠り所とはせず、いまだに彼女たちのすべての行動を決定している、男性への畏敬と同時にキリスト教徒の恭謙とに涵養《かんよう》された、あの女の苦行に励むこともない。しかも私はこの人生を反抗的に、欲望や欲求や憂愁で息を詰まらせ、自分の不満足を極度に意識して生きている。多かれ少なかれ、自ら認めたボヴァリスム[008]の刻印を打たれた特定の世代の女たちはそのように振る舞うのではないかと私は思う。服従する女の一団に続いて、不満でけんか腰の一団が来て、それから新たに体制順応主義的な女の一団が来る。次に、今度は我々の妹たちが我々にこう言う番だ、「大切なのは赤ん坊ですよ……」と。私の母はあまりそれと違った風には考えないはずだ。もし私に娘がいたら、数年後に今度は彼女が私にこう言うかもしれない、「大切なのは赤ん坊よ……」と。私は彼女に何と答えるだろうか。密かに自らの狂気に身を委ねる愚かな乙女から生まれたあの女たちのひとりだったと答えるだろうか。私は彼女にこう言うだろう、「いいこと、私は何も壊さなかったし、他の男と逃げなかったし、多くの女たちみたいに離婚さえしなかったし、ピストルを振り回したり、毒をあおろうともしなかった。でも頭の中ではもっとひどいことをしたかもしれない。ところで心の中や頭の中ですることはすべてそれを現実にやっていた場合と同じくらい意味があり、重要だと言われているわ」と。いずれにせよ、我々の中で一番貞淑な女たちでさえも、一種のボヴァリスムに運命づけられている。エリザベスの行動にそのいくつかの痕跡が見られるではないか、もっとも彼女はそれに全く別の名前を付けてはいるが。この夫婦ふたりの暮らしに対する我々の失望と、その失望が我々の心の中に掘った深淵はみんな同じ深さ、同じ大きさを持っている。その深淵を埋めるために我々がそこに注いでみようとするものが違うだけなのである。

　ますます私は離婚したくなってきた。でもどうやって？　フィリップはたぶんこの話に耳を貸さないだろう。彼はその理由がわからないだろう。私たちの間の夫と妻の関係に取って代わったこの兄と妹の関係が何を意味するのか分かったようには見えないから。それに終止符を打ちたいという願望を示したのだから、彼にはこの状況が異常だということはよく分かっている。しかし何という口の利き方だ、まるでそうした物事が、チーズ五〇〇グラムの値段や山での走行料金の如く決まるかのような口の利き方ではないか。彼は、私たちの間でそこにまた戻るためには、自分が私を再び魅了する労を取らなければならないだろうと考えているようには見えない。彼は、この類いの充足は正当な権利として、ごくやすやすと自分に与えられるべきだと考えている。そして彼がこの家畜の奇妙な習性だけで我慢できるということ、それに私は唖然とさせられる。私の心の中に、彼への何らかの愛着を目覚めさせよう、いやむしろ蘇らせようという願望を彼がいささかも感じていないことに、私の夫なのだから私はそれで自分に身を任せるだろうと彼が思い込んでいることに、私はあきれて物が言えない。そのくせ世間は女が愛人を持つと驚くんだから！　私はそんなことには驚かない！

不思議だ、ピエール・Mの思い出があるのに、また他の男にどれほど興味を持っているのだろう。私は女の一生のこの混乱した部分は私にはもう終わったものと思っていた。私は何という思い違いをしていたことか！　今私が恐れていることは、すでに遅すぎるのではないか、ということだけである。実際、いたるところで私は看過することのできない徴候や証拠を発見する。たとえば道やトラムの中で男性が私を見つめるのは前ほど頻繁ではなくなった。私の幼馴染《おさななじみ》たちも事情は同様である。彼女たちと会い、一緒に夜を過ごすと、彼女たちはずいぶん露骨にそのことを力説する。恋愛や欲望が彼女たちから離れ、日ごとに一層彼女たちから遠のいていく。以前はめいめい、つねにどこかにひとりの、時にはふたりあるいはそれ以上の、彼女たちを猟師のように狙う準備ができている男がいたものである。彼女たちは例の男、いつも違う男だが、我々の方へ飢えた顔を向けるそのやり方や、我々を選び、時には我々の住まいの中まで我々を追いかけてくるその視線が、いつも同じ類いの男に出会わずにはバカンスやダンスパーティーや海水浴に行くことも、あるいはただ街でちょっとした用事をすることもできなかった。今では、彼女たちにも旅行や映画館や列車で出かけても、ひとりきりのときでさえ、かつて彼女たちを追いかける準備ができていた例の男はもはや存在しないようである。まるで彼女たちにとって、もはや男は存在しないかのようである。彼女たちはそれがつらいと打ち明ける。それほど長いこと我々の生活はあの、手の抜けないゲームに支配され、明るく照らされたり、暗くされたりしたのだ。あれは我々が吸っている空気、我々がその上を歩いている台地だった。それが突然、ほら我々には空気が不足し始め、我々の足元の地面が崩れてきた。どこが自分の弱みか必ずしも分からないままに、我々は憂鬱な気分になって、生きる意欲を失くしてしまう。私は、友人たちに何が起きているのか知っている、分かっている、見抜いている。彼女たちは私と同じように、内面は変わらずに、あいかわらず同じ欲望や同じ飽くなき欲求、感嘆されたい、愛されたい、他の女より好かれたいという欲求、愛情を呼び起こし、何としても勝ち得たいという欲求を抱き続けているのである。我々には、それが必要なのである、あの感嘆が、我々にとってすべての男がそうである部外者によるあの敬意が。我々はときどきその感嘆を軽んじているように見えるが、それが我々から取り上げられると、我々はまるで死者の間でまだ生き続けてでもいるようだ。我々の生命に不可欠の食糧、それが我々の口から少しずつ取り上げられていく。ところですべてのものがこうして我々から少しずつ奪われていく。まず我々の夫が、次いで他のすべての男が、生命もまた我々を見捨てるまでに。

不思議だ、その一方でオフィスの男性にはなんとわずかしか惹かれないことか、なんと彼らをよく見ていないことか。確かに彼らはみんな他の部屋で仕事をしていて、私たちの部屋には立ち寄るだけだ。マゼランは課長代理をしている。彼は、自分には私たちのハーレムもどきの部屋に入ってくるや否や、同時にすべての女性社員にほほえむ義務があると思い込んでいる素敵な青年である。私はマゼランの笑顔が大好きだが、彼の優しさにもかかわらず、彼が課長だというだけで、自分が男性の前の女性ではなく、上司の前の社員だと感じてしまう。それで彼のうっとりするような笑顔を素早くキャッチしたときも、それを喜ぶのは女としてではなく、社員としてである。しかしときどき私はとりわけ成功した笑顔を捉えることがある、マゼランという名のあの役職から抜け出したように見える、普段とはまったく別のものを表現している笑顔を。それがマゼランなのかもしれない、それが他の場所で、他の女性と一緒のときにはきっとそうなるに違いないマゼランなのだろう。私はあまりにも魅力的なその笑顔に飛びつかずにはいられない。

私は少し自分の中でその笑顔を弄び、それが消えないようにし、それを引き延ばす、それゆえマゼランが姿を消したずっと後でも、その笑顔は私の心の中では魅惑的なまま、私に恋心を抱かせ続ける。それで私はマゼランが私の課長であることを残念に思い、彼のものと見なされ、彼がジュネーヴに会いに行くあのフィアンセを羨み始めるのである。

その他の男性の同僚については、本当に何ひとつ興味を惹かれるところがない。もっとも恋愛を除けば、私には男性がほとんど目に入らない。男たちはみんな、我々と彼らのひとりとを近いうちに結び付けるかもしれない、あるいは結び付けないかもしれない恋愛関係によってしか、存在しないかのようである。その他のときは、私は彼らと何をすることがあるだろうか。おお、何と女性とは異質な人種、彼らには、そして彼女らには決して想像もつかないほど異質で、彼女たちが恋愛によってのみ合流し、恋愛を通じてのみ彼女たちに近づく人種。それを除けば、向かい合った高い壁、目の見えない人同士、耳の聞こえない人同士に過ぎない、だから水掛け論である。女は本当に男に対して友情を抱くことができるだろうか、男は我々にとってひとりの〔男女を問わず個人としての〕人なのであろうか。私はそれを自問したが、勇気を奮って「否」と答えるのが怖くて、「然り」と答えるのに同意したことがある。今でも彼らにまだ関心がありながら、彼らと疎遠になっているのに、私は、彼らが出会いや都市生活の偶然によって、私に差し出したり押し付けたりする顔に、恋や欲望、ときめきの何か反映や兆しを探さずにはいられない。だが大部分はいかなる反映も兆しもなく、驚くほどうつろで魂が宿っていない。時には何かが生まれ、目覚め、蘇りそうな予感がする。それは口角の小さなカーブだったり、空気の吸い方や、タバコを口元に持っていくやり方、歯を食いしばってそれを銜《くわ》えるやり方だったりする。しかし突然私は、彼らがいつもそうしているように、獲物を夢中になって追いかけ、それをつかまえて八つ裂きにして、それを腹いっぱい食べるときに彼らが見せる、見せるに違いない様子を見抜き、思い浮かべ、想像してしまう……

きのう、私はリルケのある手紙[009]の中の次の一節を偶然見つけた。

……いつか……その名がもはや男性の反対と言うだけではなく、それ自体として何かであり、補足や限界という考えを喚起しない何かである乙女や婦人が現われるようになるでしょう……その進歩は今日のあまりにも思い違いに満ちた恋愛体験を（それはまず初めに自分が追い越されたと感じる男性の意に反して）変えることでしょう、それは恋愛体験をもはや男性と女性との間ではなく、ふたりの人間の間の関係のように、理解されるところまでもっていくことによって、根本から恋愛体験を変えるでしょう。そしてこのより人間的な本質を持った恋愛は……それでもやはり私たちの努力が準備しているあのもうひとつの愛、つまり互いに守り合い、自制をし合い、挨拶を交わすふたつの孤独の間のあの愛と似ているでしょう。

確かにこれは男の声というよりは詩人の声である。私はこれを信じるだろうか。分からない、だがこれらの詩行を書き写していると何かが私の中で喜び、露で蘇った小さな草のように頭を擡《もた》げる。偶然「緑の牧草地」という語にふと目をやるときも同様である。そのとき、私の胸の鼓動は高まり、私の目はルイジアナ州の可哀そうな黒人が聖歌を歌い始めるときのように輝く。

互いに守り合い、自制をし合い、挨拶を交わすふたつの孤独……
おお、愛の緑の牧草地!
いったいどうやって?　いったいいつ?　いったいどこに?

## III

私が過ごしたばかりのこの一か月を、しかもある大きな不幸で終わったこの一か月をどう形容したらいいだろうか。いつか私はそれに名前を付けることが、それを明確にすることができるようになるかもしれない。今はできない。あまりにも苦しい。それはあるひとつの夢から始まった。私はどこだかわからない場所にいて、ステファヌが私のそばにいた。私には彼が見えず、彼に触れていなかったが、彼の存在を異様な強度で感じていた。そして彼がすぐ近くにいるという確信が、かつて彼のそばで感じたことのなかったような現実のものとは思えない、まさに現世を超えた恍惚感を私に与えた。さて、はっと目を覚ましてからも、目が覚めているのに、ステファヌか、彼の外形と名前を持った誰かの存在に因るその恍惚に取りつかれていた。私は、夜から朝へ移りゆくときに奇跡的にも自分と一緒に、自分の中に、こうして運んできたものを壊すのが嫌で、どうしても動けぬままでいた。そして実際、いったん起き上がると、私は、そのいつもと違う状態が消えて私から離れ、それからいつも通りの状態が再び少しずつ私を占領していくのを感じた。と同時に、私が体験したばかりのもの、夜、寝ている間に誰か、それとも何かによって私に与えられたものに対する心を引き裂くほどのノスタルジーを感じた。繰り返して言うと、ステファヌの外形と名前を持った何かによって私に与えられたもの。本当にそれが彼だとはまるで考えつかなかった。しかし時間が経てば経つほど、私はその恍惚の思い出をステファヌの存在と人格に結び付けていった、なぜなら彼の存在と人格がその原因、あるいはきっかけだったからである。私は、そうとは知らずにステファヌを愛しているのかもしれない、必ずしも私が彼を愛していなかったとしても、彼の方では結婚したにもかかわらず、私を愛し続けたのかもしれない、と考えた。彼の愛の力、彼の私に向けられた思いの力が、私にあの夢の着想を与えたのではないか。そう私は思った。というのもこんな風に我々は、支離滅裂なことを言うからである。したがって、私にはもはやひとつの望みしかなかった、つまりステファヌと再会し、私の夢と現実を照らし合わせるために、彼の目の前に戻るということである。

それ以来、私は少し夢遊病者のように生きていた。オフィスでは使い物にならないステンシル〔謄写版用の原稿〕をため込み、タイプ原稿を数行飛ばしたりした。夢の中で彼の存在が私に与えてくれたあの理解しがたい状態を取り戻そうとして、頭がひどく疲れるほど努力をして必死になって、気持ちの上ではステファヌのそばで生きていた。そして何度か躊躇し、自省した後で、予約をするために彼の診察室に電話をする決心をした。私はどんなことがあっても出し抜けに彼を訪ねたくはなかった。私は、彼がそこに何か特別な意味を、誘いを、と言うよりはむしろ、なおざりにされただけでなく、私のせいで失われた過去の想起を読み取るとはいかないまでも、彼が私が来るのを待つことができること、もしかしたらそれを楽しみにできることを望んだ。そしてその約束の時間を待ちながら、私は心の中であの忘れられ、捨てられさえした恋愛のすべてのステップを思い起こしていたが、それは私が実際に体験していたときには決して到達できなかった大変な激しさとなって蘇ってきた。結局のところ、と私は思った、ステファヌは私にとって、すべての女性が自分の愛する男性にそうあってほしいと期待するような男だった。私がフィリップに、次いでピエール・Mに非難したことのすべてを、ステファヌに浴びせかけることはあり得なかった。彼は我々女に自分自身を信じさせてくれるあの熱意と尊敬の念にあふれていた、彼は時を芳香で満たし、人生に魔法をかけるあの愛の礼賛、あの心の豊かさを備えていた。よくもまあ、私はああして、そうとも気づかずに、まさに幸福の顔の横を通り過ぎることができたものだ。これから私はその顔を探しに出かけようとしていた、そしてそれを蘇生させようとしていた。すでに私はその目鼻立ちと輪郭を描いていた。

ああ！　おそらくは墓を暴くことは許されないのだろう、というのもステファヌを目の前にするとすぐ、私たちの間にある、終わった過去に蓋をしたその墓の存在が、私の訪問の本当の意味については私に口をつぐませた。でも、と私は、言うべき言葉ではなくて違う言葉を探しながら思った、私の寝ている間に私に合図をしたあの吉報をもたらす人は、あの閉じた墓から出てきたのだ。なぜなのだろう。それは私たちの通常の基準や次元と同じ尺度では測れないから、目覚めた状態では権利がないために私たちの近づけない、この世のものならぬ幸福を、時としてこの世で味わえることがあると私に教えるためにである。それをしばしば体験することによって、私たちは少しずつ生者の世界から切り離されていくのだろう。

私は彼に言いにきたことを考えながら、その男を見ていた。つまり宝を積んだ船が沈没して、大洋の底に横たわっている、と。水も墓になりえるのである。それで私はその男に、私が見た夢のせいで、彼はそんな夢のことは思いもよらないのであるが、こう言いにきたのである。「来てください、あの失われた船を求めて[010]出発しましょう、あれを離礁《りしょう》させましょう……」あるいは、「この墓を開けましょう……」そして私は、かつて彼が私を愛したように今でも私を愛していない限り、彼は何も私の言葉が分からないだろうと考えた。というのもそれを理解するには、私と同じ夢を見ていなければならなかっただろうから。私はこう叫びたかった。

「あれはあなただったの？　あなたじゃなかったの？」

同様に、私はかつて彼が私に与えてくれたことに対して、そしてそうとは知らずに私に与えてくれたばかりのことに対して、彼にお礼が言いたかった。しかしそうする代わりに、私は彼に夫の新しい仕事の話をして、彼の二歳になる小さな男の子の近況を尋ねた。

とうとう私は帰るために立ち上がった。私が会ったのは本物のステファヌではなく、別人のように私には思えた。今後は、彼と私の間にあの夢がスクリーンのように立ちはだかっている以上、いったい本物のステファヌはどうなるのだろう。彼であって別の彼であるスクリーン、そうして私の心の中には、夢の中のステファヌとまた会いたいという絶望的な愛惜の情が湧いてきた。でもあのステファヌをどこで見つければいいのだろうか。どうやって彼を捕まえればいいのだろうか。夢の中のステファヌとの出会いは彼の前では起こらないと分かっていた。じゃあ、どこで？　それで私は悲嘆に暮れて、よそで捜さなければならない、というより、分別を持って、こんな無駄な捜索は諦めなければならないと確かめてそこを後にした。

一週間後にエリザベスが山から下りてきて、彼女に会うべく電話をしてきた。このとき、彼女の家でまた別の動揺の原因を見つけることになるなどと、どうして予想できただろうか。同じ動揺と言うべきか。

私は夢の話を彼女にしたかったが、最初のやり取りからすぐに、彼女は自分のいつもの宗教的関心事に私を引きずり込んだ。

「ああ、ジャンヌ！」と私が座るやいなや彼女は声を上げた。「あなたが英語を知らないなんて残念だわ、私が山で読んだ本を貸してあげられたのに。私にとって、これは天啓……この本を読むためだけにでも、あなたは英語を学ぶべきだわ。これは私に必要だった、私たちみんなに必要な本」

「でもあなたはどんな種類の本を、私たちがそんなに必要としていると考えているの？」

彼女は自信たっぷりに答えた。

「教義と習慣のほこりにすっかり覆われた宗教上の偉大な真理を、私たちのために復活させる本よ。真理はいつの時代にも、どの宗教でも同じなの。ところで、そうした〈普遍的な真理〉のひとつがこれよ、『自分の命を得ようとする者は、それを失う……』[011]これは、いつもエリックが言っているように、自己の利害を忘れ、自分を与えなければいけないという意味なの。ただ、エリックから彼のプロテスタントの言い草でそう言われたら私は苛立つけど、この言葉を、あるがままのすがすがしい状態で、公教要理やプロテスタントの説教のあの痕跡がすべて取り除かれた状態で再発見すると、私は心を揺さぶられ、その明白さに目が眩《くら》むの。ついに私はこれこそが生きるか死ぬかの問題だと分かったのよ。もちろん、魂の生き死にのことだけど。分かる？　私の中で何かが生きたがっている、知りたがっているのを感じるの。これまで私の魂は麻痺して、閉じ籠もって、仕切り壁の間に挟まっていたけれど、その仕切り壁が少しずつ開き始めてきたの。今では、魂が呼吸するのを感じるようになってきたの……どうやってあなたに説明したらいいかしら……そんなときそれは私の中で恍惚と言ってもいいようなものなの。他の言葉が見つからないわ……恍惚……」

私は啞然として彼女を見つめた。その間私は自分のさもしさを推し量っていた。あるいはもしかしたら自分の無知さ加減を。しかし私が経験したあの恍惚もやはり抽象的な次元のものだった。私の中でそれを感じたのは、エリザベスが魂と名付けるものであって、肉体ではなかった。もしそれが私の魂でなかったとしたら、それは何だったのだろう。もう私は分からなくなった、決して私は分かることはないだろう。私の中にはいつも混交が多すぎた。私は純粋な人間ではない。私の肉体はどこで終わり、魂と呼ばれるものはどこから始まっているのだろうか。いつもあまりにも離れがたく混じり合っていて……だがエリザベスは話し続けていた。彼女の話は尽きないようだった。

私は彼女の話を聞いている間、自分の夢のことを考えていたが、彼女にあの話をするのは不可能だと分かった。というのも私がひとつの精神状態のこれほど違うふたつの原因を混同しているように思われてしまうからだ。その精神状態を同じ言葉、同じ比喩で表わすことができる。それはどれだけ言語が不十分かを証明している。と、エリザベスが私たちが生きているうわべの世界、その下にはもっと美しい、私たちの肉体の目には見えない、魂の目だけに見える世界が隠れているのだけれど、そのうわべの粗雑な世界の醜さを語り始めたので、私は彼女の話を遮らずにはいられなかった。

「私は、ね、いい、あなたがそんなにも醜いと思うこの世界が、とても美しいと思う、私はそれを眺めることにとても喜びを感じるわ……」

「それは魂が存在し始めた途端に、魂の喜びや魂の命がどういうものになるのか、あなたには見当もつかないからなのよ。ジャンヌ、それが何を意味するか分かる？　自分の魂が命を得るのを感じるということが。どうしてそんなことを聞くかというとね、魂に関わっているものは死なないけど、あなたの目、あなたの感覚に示される世界は、はかないからなのよ。ところでやがて死ぬ、消えてしまうと分かっているものにどうやって喜びを感じられる？」

　今度は私が思わず大声で言った。

「私にはね、エリザベス、まさにそれこそが命をとても貴重でかけがえのないものにしているのよ。そう、どんなものもかけがえがなく、どんな経験も唯一無二なの。そのひとつひとつを唯一無二のものとして生きるべきでしょう。私はあなたとは正反対の気持ちを感じるわ。永遠に続くはずのものは、私にはそれほど貴重には思えない。しかも、こんなにも美しいこの自然を眺めるとき私が感じるこの喜びに、私の魂は無関係ではいられないの、間違いないわ、この自然があなたにとってはさらにもっと美しい現実の上に置かれたベールに過ぎないとしても。そうなの、私の魂も喜んでいるのよ……」

「たぶんね」とエリザベスは訝しげな様子で答えた。「でも、別の現実の方を向いたとき、魂はさらにもっと喜ぶでしょう……そして私はその時があなたの魂にもやってくると信じているの、だってその時はすべての魂に訪れるものだから……」

私はすぐには返事をしなかった。私は、いつものように、言葉を見つけるのに苦労していた。

「実を言うとね、エリザベス、私は自分自身の魂に関心を持つのにすごく苦労するの……魂よ、私の美しい魂よ……ラフォルグのあの詩[012]を覚えている？ 他人の魂なら、まだしも、自分のとなるとね。たぶんまだその時ではないのかも、あなたが言うように……神へのわずかな憧憬がときどき、それだけよ。島か何かを認めるために、水平線のかなたに向けた眼差し？ いつか私はそこに向かって泳いで行こうと努力するようになるのかしら。今のところ、私の憧憬は別物、とても地上的で、とても人間臭いの。私の肉体もまだ分け前を期待しているし……」

「それは」とエリザベスは答えた。「それはあなたにはまだ辿らなければならない長い道のりがあるということね。おそらくあなたはまだ沢山苦しまなければならないでしょう……諦めるまでに……」

諦める？ なぜこの言葉はいつも私を苦しめるのだろうか。いや、いや、私の魂はエリザベスが願っているような要求は持っていないし、たぶん決して持つことはないだろう。まるで私の魂が、まだ自分の関わることではないと感じているようだ。私は自分の魂が私の内部に引き籠もって、無言で、少し痛ましげで、権利を主張することにおいては驚くほど慎み深く謙虚であると感じている。まるでしゃしゃり出るのを、自分のことを話題にされるのを、声を上げるのを恐れているみたいに。まるで私の魂は、時折通りがかりの人が美しすぎる庭に向かって開かれた扉を前にして暫《しば》し立ち尽くすように、遠くから人生の祝宴を眺めているようだ。その極端な謙遜には、いくらかの高慢も含まれているかもしれない。『何も物乞いをしまい』と私の魂は考えている。『私は甘んじて外されよう……自分のためには何もいらない……私は最後に給仕される者であろう……』ドレスをプレゼントされると、「私には上等すぎます」というあの可哀そうな家政婦たちのように。エリザベスが神の話を私にするとき、私が感じるのはこうしたことである。実際、どうして私がそんな恩恵に値するだろうか。かつて私が何か豊かさを求めたことがあっただろうか。それを持てば、それが私には重荷になるだろうと思う。私はそれを遠くから眺めている人のままでいる方がいい。おそらく、私の魂はこんな感じだろう。私の魂は、魂というものが何を求める可能性があるのか、魂がどうなるのか、牧師の言い方によると、何を魂は「天から授かる」ことがあるのかを予感しているのだ。今のところ、私の魂は何も求めていない。私の魂には何か危険への恐れがあるのかもしれない。事なかれ主義だろうか。それだから私の魂は威張る権利がない。私はとりわけ「その時」は――エリザベスの言葉を借りるなら――まだやってきていないのだと思う。誰が私たちの誕生や、死や、私たちの人生の重大事の時を決めているのだろう。魂についてもそれと同様である。もしそれが「何かに目覚める」はずなら、知っているか、影響を及ぼすか、生まれる時を早めるために何かできるかもしれないのは、魂よりもはるかに劣る私、魂は永遠に続くのに滅ぶべき私ではない。でも夢の中で手に入れたあの恍惚は、天国に関わることだったのか、地獄か、私の魂か、それとも私の肉体にか。いつ、どうやって、それを私は知ることができるのだろうか。

エリザベスの家を失礼しようとしていたそのときに、来客が告げられた。

「エティエンヌ・デシャン」とエリザベスは私に言った。「エリックの大学時代の仲間。パリから戻ってきたの」

それから彼女は彼の方を向いた。「私の友人のボルナン夫人……ああ！　ジャンヌ、帰らないで……もう少しいてちょうだいよ……」

　私は初対面の男性に会うといつもそうなるように、とても興奮して、再び腰を下ろした。すぐに安全なところに身を置きたくなる。またこの男は私に何を科すだろうか。より正確に言うなら、また私は、彼のせいで、彼を自虐の道具に使って、何を自分自身に科すことになるのだろうか。でもたいていはこの不安感が、すぐに激しく抑えがたい反感に変わる。そしてそうでない場合——そうでないということもあるのだけれど——その場合は希望が生まれる。まさに彼が、より不純な他のいかなる感情によってもやがてめちゃくちゃにされることのない、本当に純粋な友情を、生涯にただ一度、私が捧げられるような男性なのだろうか。

　エリザベスとエティエンヌ・デシャンが哲学的な話にのめり込んでいるのを聞きながら、私はそうした希望を少し抱いていたが、話に加わるなんて私にはできなかった。初めて会う話し相手が発言するどんな会話でも、私には自分の役割を受け持つことはできない。他のことを眺めたり聴くのにあまりにも忙しいのだ。今回の場合は、手や微笑み方、鼻孔の動き、瞬きを眺める、新しい声を聴くのに。まず、彼の手が私の注意を引いた、というのも自分の考えを述べるのに、彼は絶えずそれに助力を求めていたからである。声が、言葉につかえて、言い淀んでいると、そのとき手が介入して、ニュアンスや締めくくりの言葉を強調し、話している文に何か確信的な響きを与えるのだった。手の介入がなければ、文はそれを欠いただろう。私は、発音や響き、彼が仕草で和らげるその頻繁なつかえに注意を傾けて、途切れ途切れの言葉だけを、その間を結び付けずに聞いていた。しかし、そのつかえには大きな魅力があった。やがて私はそれを期待しながら待ち受けるようになっていた。そしてそのひとつひとつが私に喜びを与えた、まるでそれによってその男性と懇意になるかのように、そしてそれが私にとって大きな特権であるかのように。ふとあるときに彼は立ち上がり、歩きながらエリザベスの議論の相手を続けた。ときどき彼は私に証言してもらおうとして、自分が正しいか間違っているか言うよう私にせっついているように見えた。そしてエリザベスも私を見た。そこで私は言った。「うーん……そう……かもしれない……」そして一度などは、「おやおや……」と。私は極め付きの馬鹿のように見えたはずだ。しかし自分の命が懸かっているに違いなかったとしても、私にはそのとき何か適切な感想を述べるのに必要な知的努力をほんの少しもできなかっただろう。

それから私は辞去するために立ち上がり、彼も私と同時に立ち上がった。

通りに出ると、ようやく彼を眺めよう、彼の注意を引き付けようという気づかいから解放されて、私はやっと彼の議論の相手をし始めた。だがエリザベスの家ではあんなにいかめしく、真面目だった会話が、わずかにそれていることに気がついた。おそらく私のせいだ。彼は二つ三つ冗談を言い、それに私が冗談を付け加えた。それからどうやってだかわからないが、私たちは恋愛について話し始めた。とても速く、速すぎるくらい、私たちはいくつかの結論に達した。まず何よりも、同居は罠、愛情を砕く機械でしかなく、結局愛情はそれを経て衰えるだけである、という絶対的真理であった。

私が普段、男のせいにしているのと同じ有毒性を、彼が女のせいにしているのを確認して、私は愉快だった。彼は私に、哀れな男と言うよりはむしろ哀れな夫の話を、彼らを窒息させるような、最良のものを要求し、すべてを自分本位に考え、絶えず熱愛を求めてくる妻のせいで自分の人生がままならない哀れな夫の話をしてきた。「我々には自由、空間、孤独、静寂が必要なのに……自分を取り戻すために……」と彼は言った。

それじゃ、我々女と同じ！　我々の敵は相手ではなく、恋愛自体なのだろうか……

誤解された恋愛か？

彼らによって、我々女によっても？

こうして、初めて私は夫婦の悲劇を認識している、けれどもこの悲劇を、言わばバリケードの向こう側に身を置いて考察する男性と向かい合っていた。ああ！　ちゃんと分かっているようだった、あの人は！　陰険に、私は彼に尋ねた。そして少しずつ私は自分の手の内を見せていった。しかし私は自分の名においては語らなかった……私は私の姉妹の名において、語った。そして彼もまったく同じようにした。彼も彼の兄弟の名において語った。国家や、自国民の名において自分の考えを述べる政治家にもやや似ているやり方で。つまり私たちは誇張して、好き勝手に単純化したということだ。たちまち、私たちの間で合意できることは、次の一点だけになってしまった、つまり男女は一緒に生活すべきではないということだ。「でもそのことを女性たちに理解させてくださいよ……」

「でも」と私は言った。「それこそまさに私がとてもよく理解していることですよ」

「どうもあなたは普通の女性と同じではないようですね。というのも女はまだ特定の相手がいない男を見ると、ひとつのことしか考えないからです。その男を家に閉じ込めて、教会に、市長の面前に無理やり連れて行って、自分のものにして、彼が自分らしく生きるのを邪魔して、彼を貪り食う！……」

彼の話を聞きながら、彼はそうやって自分の言葉をどんな、個人的な、体験に結び付けているのだろうかと思わずにはいられなかった。

「まるで」と私はそのとき、かなり不用意に言った。「あなたが女に帰するその害毒にあなた自身、苦しんだことがあるみたいだけれど……」

私はすぐに、話題をあまりにも個人的な方向へそらしてしまったことを詫《わ》びて、こう言い足した。

「これぞまさにとても女性的な傾向ね。我々女の目には、具体化され、体現されないと何も見えるようにならないの。我々はひとつひとつの考えに体験や出来事を結び付けるけど、あなたがた男性は脳みそが働いている。あなたがたは抽象的に見解を構築する。我々はその逆で、命に、我々の人生に、それどころか現在の我々の生活に結び付けられないものはすべて何の役にも立たないの……」

私たちは私が住んでいる家の前に辿り着いていた。私と別れる前に、彼は私に言った。

「また会えるといいけれど、近いうちに電話します……」

彼と別れるのがとてもつらかった。ひとたび家に入ると、寝ないで、肘掛椅子に座った、それほど頭が私たちの会話の表現を細かく分析するのに忙しかったのである。私は自分の指摘のいくつかを後悔して、すでに、遠くから、まったく客観性を欠く目で彼を見つめていた。私は彼を修正し、自分の望み通りに手を加えて、実際よりも彼の背を高くした。彼の笑顔や、声や、目は元のままにしておいた。それもどうだか！　私は彼の話し方からあまりにもエリザベスを思わせる、いくらかの仰々しさを取り除いて、一種の絶え間ない内心の震えを証し立てるように見える非常に感動的なつかえだけを取っておいた。そして彼に特定の女性がいるかもしれないという考えは私を気兼ねさせ、自分が引きずり込まれたと感じるこの空想の放蕩《ほうとう》にふける妨げになるので、彼には特定の女性はいない、あるいはいたとしても貪欲な、退屈な女で、彼は相当にうんざりしていて、おそらく彼はその女をパリに残して、逃げてきたと決めてしまった……ありえないことではない。『彼が分かってくれたらなあ』私は思った。『私がどれほど人との間に適当な距離を置くことができて、どんなにわずかしか要求せず、いかに程よい距離感が私にとって欠くことのできないものかを』そしてフィリップのことを思い浮かべて、迷わずフィリップを削除した。

いったんベッドに入ると、私は何時間も眠れなかった、それほど私の想像力は搔《か》き立てられ、私の頭は冴えていて、私の全身全霊がこの危険な出会いと会話によって、警戒態勢に置かれていたのである。夜明け頃、私はようやく寝入ったが、それはすぐ夢の中で、エティエンヌ・デシャンに再会するためだった。もはや私は夢の中でしか生きられなくなってしまったのだろうか。精神分析学者が言いそうだが、こうやって私が夢によって代償を作り出すのは、現実にはあまりにもわずかしか生きていないから、その場でぐるぐる回って、自分自身の人生の腐植土を踏み固めているからなのだろうか。

それはこういう夢だった。私は夜の間、森を歩いていて、エティエンヌ・デシャンが私と一緒だった。私には彼の姿は見えなかったが、ステファヌが私にそのインスピレーションを与えた夢の中と同じように、私は彼の存在を強く感じていた。それからその存在は姿を見せた。エティエンヌ・デシャンは私の方に身を屈め、私をその腕の中に抱かずに、ほとんど私に触れずに、私の唇にキスをした。現実にはどんな男も今まで私にしてくれたことがないような驚くべきキスを。まさしく私がずっと夢見ていた、でも現実には一度も、決して一度もしてもらったことのないキス。

口への、閉じた唇への、燃えるように熱く、凍るように冷たいキス、無限を含む、そして私も同様に唇を閉じたまま受け取った、静止した素晴らしいキス。すると、ステファヌの夢を見たときに感じたのと同じ恍惚、しかしもっと完全でもっと強烈な恍惚が私を捉えた。私は自分の中にその恍惚と、それに加えて、唇に封印されたかのようなあの不思議なキスの重みをとどめたまま目覚めた。私は起き上がり、夢遊病者のように家事をして、それからオフィスへ行った。そこで、私は再び、ステンシルを失敗し、マゼランが非常に驚いたことに、今までにないほど仕事をしくじった。しかし私は仲間たちを見ていないも同然だった。シルヴィアは何かがうまくいっていない、彼女は悲しそうだ、彼女は私に話したかったのかもしれないと、漠然と感じるのがせいぜいだった。私は、あのキスの奇跡的な痕跡によって閉じられ、合わされたままになった唇を緩めるのがせいぜいだったので、みんなそれを見たに違いないという気がした。続けて三日間、私はほとんど食べ物を口にせず、未知の、広がっていく、天翔るような喜びに自分が支えられていると感じ続けていた。最も驚くべきなのは、私がエティエンヌのことを考えていなかったということだ。彼は、言わば私の高揚の中に吸収されてしまって、それと混じり合っていた。それはまるで私が彼であるような、そして彼が私であるような感じだった。それから、突然、すべてが消え去った。私の唇は再び普通の、重みがなく、平凡で、存在感のない、みじめな唇に戻った。そして私はこの未知の男性の存在が、彼の存在のみならず、それ以上かもしれないが、また私に与えられなければ、私の人生の一切は虚しいと認めた。ところで、約束に反して、彼はまだ私に電話をかけてきていなかった。数日が経ったが、あいかわらず彼は電話をかけてこなかった。それ以来、私はその電話がかかってくるのを待ちながら暮らすようになった。ああ！　もし私が小説家だったら、のどが渇き、頭が熱くなり、胸が締め付けられるこうした精根尽き果てるような不安な日々には、何だって書いただろう。おそらく気違いじみたことを。私は、うわべは凍るように冷たい静止したキスを交わす、トリスタンとイズーのように、ふたりの間に両刃《もろは》の抜き身の剣を置いてからでないと身を寄せて横たわらないそんな恋人たちをでっちあげただろう。そうだ、気違いじみたことを、そこでは私が夢で二度も体験したが、これからは現実に知りたいと望んでいるこの世のものとは思えぬあの恍惚が恋人たちの間に生まれるために、すべてが想像され、構想されるだろう。ところで大きな喜びは突然もぎ取られると、その後でそれと同じ形と面積と深さを持った傷を、つまり喜びがそうであったのと同じくらい激しい苦悩を残すということを私は学んだ。しかも私の場合、それまで私が知っていたすべての苦しみよりもさらに大きな苦しみだった、というのも夢で体験した喜びは他のいかなる喜びとも比べられなかったからである。だから、ステファヌの夢を見ておそらく、夢のかけらを体験するために、彼に再会したいと切望したときと同じように、私は一層熱心に、エティエンヌ・Dに再会したいと望んだ。たぶん彼が私にインスピレーションを与えた夢の何らかの奇跡的な複写を現実のフィルムの上に生じさせるために。どうかしている、私はどうかしていた！……

あいかわらず電話がかかってこなかったある日のこと、サン・フランソワ〔ローザンヌの中心部に位置するサン・フランソワ広場は、十三世紀に建てられたサン・フランソワ教会に面する交差点の広場。トラムの乗り換え客やカフェの客で賑わう〕で、私はたまたまエティエンヌ・デシャンに出会った。彼は私に手を差し伸べて、私の方に来た、「ちょうどひと言書き送ろうとしていたところです。いつ会いましょうか」私は彼に夫が不在であると説明して、翌日の、夕食後に、誘った……それから私はオフィスに行くために急いで彼と別れたが、彼の前では、あの夢やあのキス、そして彼とエリザベスのところで出会った日から私が彼に抱いているあの奇妙な愛情――他の男たちが私に抱かせることができたどれとも違う――が私の脳裏をよぎらなかったことに気づいて、驚いた。今や、すべてが再び私の中に流れ込んで、私はあの高揚、あの耐えがたい渇望を取り戻していた……何への？　ときどき私はそれを自問する……何への？　ある存在への？　それまで知らなかった恍惚への？　えも言われぬ一体感への、そうですとも、でも私たちはそのような一体感に値するのか、その準備はできているのか？　そして仕事をしながら、しかしはかどらないまま、私はまたあのキスのことを考えていた、その重みやその輪郭を、私は取り戻していた、そしてエティエンヌ・デシャンが私の近くに来たら、それを生じさせたい、それを誘発したいという思いが浮かんだ。でもどうやって？　私の夢のすべての条件を正確に再現できなければならなかっただろう。森、夜。同様に、エティエンヌ・デシャンが私に同じキスをしてくれなければならなかっただろう。ところで、どんな男もそんな風にはキスをしない。彼らのキスはすでに強姦、取得、たけり狂った足踏みだ。それは私の夢のキスがそうであったような微笑みや好意の交換ではない。

　私たちがヨーロッパで戦争が起きることへの恐怖、戦争になった場合のスイスの立場について語り合ったあの晩のことをお聞かせしましょうか。話しながら、私は、自分がその男性にその晩、期待し、望んでいたことを苦苦しく考えていた。私は一瞬、注意深く、彼の口や唇の形を見つめ、それからその端正な輪郭に純粋さと気品とを認めて心を揺さぶられ、視線をそらすことがあった。その純粋さと気品は、私が最近の夢想の中で、権利も無いのに、長長と温めてきた密かな願望ともくろみとに釣り合っていた。彼の態度から、私がこんなにも渇望しているものは決して何も私に与えられないだろうということがよく分かって、私はひどくつらい思いをしていた。と同時に、彼の話を聞き、彼を凝視すればするほど、私はその不可解な愛が正当化されたと感じるのだった。突然、彼は言った。

「もうすぐパリへ戻るつもりです……」

「ああ！」と私はつぶやいた、彼が私に運んできたのは、喜びではなく、逆にまだ経験したことのない新たな苦しみの形なのだと分かって、それ以上何も言うことができなかった。というのも今や、私の中には、この喜びにふさわしい場所が存在していて、彼だけがそれを私に与えることが、というよりむしろ、そこにそうした喜びを入れることができただろう、そしてもし彼がそこにその喜びを入れなければ、私はもう生きることに耐えられないだろう、と私には思われたからである。

帰り際に、彼はまた私に言った。

「出発前にもう一度会えるといいのだけれど。お知り合いになれてとてもうれしかった」

私には彼が盲目のように思えた。どうして彼は何も見ずに、私の中で起きていることを何も察せずにいられたのだろうか。言葉がないと私たちは何も他の人に伝えられないからなのだろうか。私たちの孤独はそこまで果てしないからなのだろうか。

彼の背中でドアが閉まると、涙を堪《こら》えることができず、私は空になったティーカップの前に座って、明け方まで自分の絶望を見つめ、それに名前を付けようとしていた。私はただ単にまた新たな、ありふれた失恋の痛手を負ったのだろうか。そんな権利も無いのに、恋愛と名付けたから、それはこうしてなじみのない洗練で仕上げられて、その黒い姿で、私に送られてきたのだろうか。しかしながら、私が望んでいたのは、恋愛の月並みな快楽を改めて知ることではなかった。それは別のことだった……もっといいことだった。

ところで、その翌日、恐ろしい不幸が起きた。

今、私がこれから書く言葉ひとつひとつが、私をさらに苦しめることになるだろう。

オフィスに着くと、私はピエール・Mとちびのデュヴォワザンとの結婚を知った。そのニュースを触れ回っていたのはテレーズである。マルグリットの顔が引きつった、というのも彼女はシルヴィアの話を知っているからだ。そしてマルグリットは身内の場合と同じように、他の人の心配事や悲しみを共にするからだ。

クララと言えば、真っ青になっていた。

「シルヴィアはこのことを知っているの？」とすぐさま彼女は尋ねた。「今朝、彼女はオフィスに来なかったんだけど、断りの電話をかけてこなかったの。彼女らしくないわ」

「ああ！」と私は喉がからからになって言った。そして、ある不安が私を捉えて、すでに私が感じていた不安に、しかしそれとは混ざらずに、付け加わった。「ピエール・M、どうしてあなたはそんなことができたの……？」

「そのうち来るかもしれないわ」とクララは言った。「待つべきね」

私たちはみんなタイプを打ち始めた。

「もし、何の音沙汰もなかったら」と少しして、クララが言った。「彼女の家に行ってみるわ。病気かもしれない……彼女、看病してくれる人が誰もいないのよ」

「いいえ」と私は言った。「私が行くわ、帰り道だから、彼女の家の前を通るのよ」

シルヴィア……シルヴィア……最近いかにわずかしか彼女のことを考えてこなかったことか、どんなにピエール・Mの思い出と一緒に、彼女のことをほったらかしにしておいたことだろう。私はすべてを同時に、一挙に思い出していた。

六時に、私はシルヴィアの家のドアをノックしに行ったが、駄目だった。また八時に戻ったが、ドアは閉ざされ、静まり返っていた。近くのカフェで二時間過ごしてから、さらに十時に試してみた。あいかわらず応答はなかった。

翌日、朝早く駆け付けたが、再びベルを鳴らしても無駄だった。午前中に、私はオフィスに電話をした。シルヴィアはあいかわらず来ていなかったし、断りの連絡を何もしていなかった。私の同僚の仲間たちがシルヴィアの母親に知らせたが、彼女も何も知らなかった。十一時と正午の間に私はシルヴィアの家のドアの前に戻った。そこで彼女の母親と一緒になったが、母親は錠前をこじ開けるつもりだと言った。いったん錠前屋が来ると、中に入るのは比較的簡単だった。私たちはシルヴィアを見つけた。ここから先は私には言えない。

それから一時間後、病院から救急車が来て、彼女を運んで行った。

彼女は翌日まで生きた。

私には彼女が私の身代わりになって死んだように思えた、というのは私の苦しみの中に、ピエール・Mに関する、そしてここ数週間の間に私に起きたことすべてに関する、奇妙な解放感が混じっていたからである。少なくとも私はそう思った。しかしながら、数日後にエティエンヌ・デシャンから、私に再び会う時間が取れないままパリへ戻ることを知らせる短い別れの手紙を受け取ったとき、私の心痛はまったく名前を変えてしまったのだと私には分かった。これからはもうピエール・Mではなく、エティエンヌ・Dという名になるだろう。シルヴィアという名でもあるだろう。ああ！　どうやってこんなにも重たいふたつの重荷に同時に耐える力を持てるだろうか。私も押し潰されてしまうのだろうか……

　昨日たまたまエリックに出会って、私たちはシルヴィアの話をした。彼の意見では、私たちの命は死後も続いているのだから、どんな自殺も常軌を逸した行動である。その時が来る前に地上での命を絶とうとするのは、別の命に早産で生まれる、つまり障害を持って生まれる危険を冒すことである。「そう、天国に障害を持って生まれる……」こう彼は表現した。

　私は彼の前で、街頭で、泣き出した。彼は私を慰め、助けたかったのか知らないが、そのとき私をデリエール・ブール公園〔ローザンヌの町の中心にある三角形の散歩道〕に連れて行って、彼と並んで私をベンチに座らせた。そこで私が涙をぬぐっている間、彼はエリザベスのように、肉体の目に見えない、魂の目にしか見えないあの生命について、私に話し出して、私にその「別の命」を意識しているか聞いた。

「まだ」と私は思い切って答えた。「私はあまりにも凡俗で現実的な人間だから、それに私はこの世が好きなの……」

しかし私はまだそれが好きなのだろうか。

「それに今まで」と私は続けた。「私はこの世が好きすぎて、エリザベスとあなた、あなたたちの関心をそんなにも引く別の命をあまり気に掛けてこなかったの……」

彼は私の話を黙って聴いていて、それからいつかエリザベスがそうやったのとまったく同じように、声を上げた。

「それはまだあなたの魂が目覚めていないからだ。でも目覚めたら、魂があなたに明かすものは私たちのこの哀れな地上であなたが見つけられるものすべてよりも千倍も美しい姿を見せるでしょう……」

「それはいつもエリザベスが私に言っていることだわ……なんてあなたたちは似ているんでしょう……」

しかし彼は悲しく否定するような感じで首を横に振って、牧師らしい口調でこう結論した。

「たったひとつの〈門〉しか無いのです、自分を与えること、キリストの十字架です。ところで、エリザベスはキリストを必要としないと主張しているのです……」

私はそれ以上何も言わず、そのあまりにも示唆的な言葉を最後に、私たちは別れた。

『私もキリストを必要としない、少なくとも今のところは』私はそう思った。だが、私の悲嘆は深い。そのかわり、私には聖母マリアが必要なのだろうという気がする。そうだ、そう感じる、マリアが必要なのだ。マリアに呼びかけ、祈りたい。シルヴィアに欠如感を与えたのはマリアなのだ、それは確かだと思う。プロテスタント社会で、我々女たちみんなに、極度に欠如感を与えているのは彼女なのだ。彼女の不在、それはある種の欠落、空虚である。だからプロテスタント信者はいつも少し、孤児、母親のいない子のように見えるのだ。誰が彼らに優しさを与えるのか、彼らを慰めてくれるのか。ギリシア人には女神たちがいた。でも私たちはマリアをただの軽んじられた端役として、脇に追いやってしまった。ああ、私はマリアゆえに、カトリック教徒がうらやましい。

　しかし、かつて何度となくそうしたい気持ちが湧いてきたとはいえ、私はカトリック教徒にはならない。自分のあるがままを受け入れなければならない、自分のルーツを否認してはいけない。だから私は国籍を変えたくはない、金持ちになりたくはない。カトリックに改宗するのはいささか、金持ちになろう、それどころか富裕になろうとすることだろう。いいえ、私は自分の身内のもとに留まろう、私はこの片親の無い状態を、このプロテスタント社会の優しさの無い世界を受け入れる。私は門の前に留まることを受け入れる。人生を共にしている人たちに対してそうではないかもしれなくても、少なくともそこだけは、忠実でなければならない。しかし私はよくマリアのことを考える。ほとんど何も言わなかった、その言葉を私たちはいくつかしか受け取っていないマリア。しかし私たちは彼女の仕草、涙、苦悩、驚きを受け取っている。そして彼女が言ったことはよく知らなくても、私たちは彼女が言われたことは知っている。すなわち、「婦人よ、あなたはわたしと何の関わりがありますか？……」〔「ヨハネによる福音書」第二章四節。イエスが初めて奇跡を行なうカナでの婚礼の場面である。現在この箇所は「婦人よ、わたしとどんなかかわりがあるのです」と改訂されている。引用に「……わたしの時はまだ来ていません」と続く〕そのときから、我々女たちは、みんなつまはじきにされ、まとめて、脇に追いやられたのである。だから我々の人間性はさらに一層、もう一方との相違が生じたのである。

　そうだ、マリアのため、マリアへの愛のためなら、私は神への愛のためにはできそうもないことだってするだろう……でもどんなことを？……諦めることを……エリザベスが言うように。諦める、でも何を？

存在していないものを？

シルヴィア、シルヴィア！　あなたがもうここにいないことに私は耐えられない……今なら、私はあなたを助け、そしてもしかしたらあなたを思い止《とど》まらせることができたかもしれないのに……とりわけ今なら、あなたを愛せたでしょうに。

きのう、マルグリットは私たちのオフィスの私書箱に郵便物を取りに出ていた。テレーズはマゼランの部屋でタイプを打っていた。クララは私とふたりきりになったのを利用して、つい最近会ったエリザベスの話をしてから、こう付け加えた。

「すべてを考え合わせると、結婚している女性や恋愛をしている女性の人生をよく考えてみると、彼女たちの重荷は私のよりも重いことが分かるわ。あらゆる豊かさは負担になり、あらゆる貧しさは身軽にするからなのね……」

私はシルヴィアのことを考え、涙で目がいっぱいになった。

「結局のところ」と私は答えた。「私たちが知っている女性の中で、結婚していて幸せなのはマルグリットだけね、つまり、そういう人もいるということよ……」

ちょうどそのとき、マルグリットが両腕に郵便物を抱えて入ってきた。

「私たち、あなたの話をしていたところよ」とクララが言った。「あなたは、ジャンヌによると、私たちの知り合いの中で、愛に満ちたとても幸せな結婚生活を熟知しているように見えるただひとりの女性よ」

誰がそう見えるって？　誰が熟知しているって？」タバコに火を点けながら彼女は声を上げた。

「ねえ君たち、それは私が普通以上にがんばっているからで、あなたたちもそれは疑わないでしょう。夫もがんばっているのよ。私たちは一生懸命にやっているの、私たちは簡単なことを好んで複雑にしたりしないの、私たちは私たちの幸福を毎日、一歩一歩、築き上げて、骨身惜しまずその世話をしているのよ。それを成り行き任せにしたりしないの……

それじゃ、ひとりではなく、ふたりの左官職人だったのか？　再び、私はシルヴィアの体験、自分の体験、例の選択、不幸と幸福が他を差し置いて、ひとりの人や、ひとつの住まいを選ぶあの選出のようなものについて、考えていた。まるで不幸と幸福はどちらもその能力に限界があって……嵐や虹のように、いくつかの地点に集中しなければならないかのようだ……

エティエンヌ、エティエンヌ！　誰が私の心痛を取り除いてくれるの。私の二重の心痛を。そして、今後は、誰が私を他人の目には私がそう見える純真な女にしてくれるの、私がそうではない純真な女に。

あした、シルヴィアのお墓に花を持って行こう。

フィリップの手紙を受け取った。彼は土曜日に帰ってきて、当分の間ここにいる。私はいつ再びこのノートに書くことができるだろうか。彼は私に私たちのイギリス行きはますます確実になってきたと言う。彼は私が一緒に行くことを疑っていないみたいだ。

結局のところ、私は自分が彼に離婚の話をする勇気があるかどうか、もうまったく分からない。私は、自分が何を欲しいのか、もう分からない、自分がどうしたいのか、もう分からない。私は自分が何を望んでいるのか、もう分からない。私は自分を少し海草のように感じる、私は漂っている。だが海草はまだ、水の中で、他の海草に繋がっているが、私は、もう何にも繋がっていないように思える。溺れかけた女と同じくらい漂っていて、同じくらい自由だ。エリザベスはその状態でしか釣ってもらえない、見つけてもらえない、と言う。でも溺れかけた人がみんな見つかって、水から引き上げられるわけではない。その代わり、大きな流れに遠くまで運んで行かれないときには、みんなが、揺れ動いている。たとえば私のように！　おそらくそうしたわけで、私は気がつくと、いつも同じ地点にいるのだろう、時には出発点に戻っていることさえあるのだろう。

そうしたわけで、しばらく前から、私は自分が両親という港に近い顔に引き付けられるのを感じるのだ。私は子供の気持ちに戻っている。それは矛盾しない。私は再び父や、母や、私の周りの人たちを、新しい、子供のような目で見つめる。してみると、この二つ、三つ、四つの顔の話し合いは、私たちに可能な唯一の長続きする愛情は、私たちから私たちの子供の方へと降りていくものだと認めるための、長い回り道にすぎなかったのだろうか。あるいはまたその愛情は遡る、事情が異なることはない、果てしなく続く愛の流れは上から下へ、下から上へ生じるのであって、水平になるのは一時期だけなのだ……本当に愛おしいただひとつの顔は母の顔や、父の顔だと、自分から生まれた子供がひとりもいなければ、最後に向くのは父母の方へだと、そして夫の顔は本当の意味、つまり不釣り合いな相棒という意味に帰着するのだと認めるために、その日まで恋愛のことだけを考えて生きなければならないのだろうか。

じゃあ他の男の顔は？　前兆、きっかけ？　何のきざし、何への呼びかけ？

おお、トリスタン！　おお、イズー！　あなたたちの子供はどこにいるの？

あなたたちには子供がいない。愛は夢の中にしか存在しないのだから……

きょう、ようやっと、私は自分が落ち着いたと、だが空虚だと感じる。

終わりか始まりか？

残された日々を指折り数えよ

『残された日々を指折り数えよ……』

ああ！　残された日々を指折り数えよ、なぜなら過ぎ去った日々は
あなたにとってすでに死んでおり、またやってくる日々は
すべて夜明けの瞬間に死んでしまうのだから
こうして人生の半ばは死への半ばなのである。

ジャン・ド・スポンド[001]

# I

私の血管には、農民やブドウ栽培者や時計職人、〔プロテスタントの〕巡回牧師、小学校教諭らの入り混じった血が流れている。彼らの骨や彼らの名前はレマン湖〔スイス南西部、フランスとの国境にある、アルプス地方最大の湖。ローヌ川が貫流する。湖岸の主要都市にジュネーヴとローザンヌがある〕とジュラ山脈〔フランスとスイスにまたがり、ライン川とローヌ川の間を南西から北東に走る山脈。アルプス造山運動によって生じた石灰岩の褶曲山脈〕の間にある田舎の小さな墓地の溶岩の下で混じり合っている。さらに彼らの人生の味わいも、乾いた泥のように少しずつ消えたまさにその場所で、私の未来の肉体は秘密裏に準備されていた。ある者たちはユグノー〔十六―十八世紀のフランスのカルバン派プロテスタントの総称〕の大移動のときにフランスからやってきた[002]。他の者たちはここ以外の空も大地も知らない。私の先祖の女性の多くが、主婦や紡績工や時計職人やブドウ栽培者であった。今日、彼女たちの女の子孫は、過去の分厚い残りかすが消滅するような新しい住まいに入り込んでいる。そのうちの何人かが慎ましい勤め人の整理された室内で、まだストッキングを繕い、白い家庭用の布類の数を数えているとしても、大多数は家の古い決まりに異を唱えた。昔は主婦や掃除婦や看護婦であった彼女たちの新しい手は、今では会社や工場や工房といったこれらの新しい社屋の中で、タイプライターのキーを叩いたり、リベット組み立てを行なったり、小さい機械の組み立てラインの上に翳《かざ》されたりしている。これからは、我々、つまり私と私の姉妹たちは、そこへ行列を作って出かけるのである。今度は、そこが、女の新たな屈従と偉大〔フランスロマン主義の作家アルフレッド・ド・ヴィニー（一七九七－一八六三）の小説『軍隊の屈従と偉大』（一八三五）を想起させる表現〕がゆっくりと入念に作りあげられる場所となるのだろうか。しかし我々はそこに、一昔前の物質を少々持ち込んでいる。ある女たちはそこで夢やあこがれや渇望を抱き続けているが、それらはまだ主婦をしている彼女たちの姉妹のものである。彼女たちには会社が第二の住まいになる。我々の多くにとって、〈時の神〉の砂時計の砂が流れ去ることになるのは[003]、そこではないだろうか。これからは分類作業が我々に、我々の細かく正確で器用な仕草と整頓の全才能、上手にやり遂げんとする太古からの執念を取り戻させる。我々は、先輩の女性たちが床を磨き、家庭用布製品を洗い、刺繡をし、繕い物をするのに傾けていた入念さでもって、書類や資料の植物で覆われたひとつひとつの〔蜂の巣の〕房室の穴で、新しい蜂蜜を作り上げる。我々の入念さによって、時代のまだ定かでない顔と、まだ漠然としているが女という種族が持ち始めるかもしれない顔とがはっきりしてくる。奇跡的な行政機構が男たちによって生み出され、彼らの熱心で疲れ果てた眼差しの下、微かな音を立てて呼吸しているが、時折事態を取り仕切るために必要とされる抽象的な務めを運命づけられて、我々も、同様に、その機構に奉仕することを頼まれるようになったのである[004]。

II

できることなら私は、ゆっくりまばたきをする瞼《まぶた》や、皺《しわ》が寄って亀裂の入った皮膚を持ち、その体と顔に、地殻の大きな振動と太古の昔の地球の痙攣《けいれん》との手の施しようのない傷を残すこの国よりもむしろ、大洋の近くに生まれたかった。我々は、巨大な傷口に決して縫合されない、決して癒合しない古い傷跡に、しかるに厚かましくも安心感を与える丘や谷や山の名前を付けて愛《め》で、その上で暮らしているのだということを、我々のうちで誰が考えているだろう。荒廃した斜面に我々は、女性のレース工の入念さと、清潔さに対する古代ローマ風嗜好、快適さに対するアメリカ風嗜好、さらにこの数世紀の間にこの国に加わった機械工と時計職人のこの上ない精密さをもってして、別荘や小庭にホテル、国営企業やモデル工場を建設する。

ここでは、岩山と四方にそびえる頂上が、子供の私の目を遮って視野を狭め、これらの混沌とした褶曲《しゅうきょく》の実際の広さについても、長い間、私を欺いてきた。幼児の特徴である最初の体の麻痺と記憶喪失に見舞われて、私は、私の時に、それらの混沌とした褶曲に、出現した[005]。ある惑星のこの塹壕《ざんごう》をめぐらした陣地の中の、非常に深く侵食され、溝を付けられたやせ地の中に投げ込まれて、そのやせ地自体は、それを囲繞《いにょう》する広漠としたヨーロッパ大陸の只中で身動きが取れずその広がりは、今度は、水になるように定められている別の広がりによって周囲を囲まれている。その圧倒的な基本要素は水であるにもかかわらず、逆説的に地球と名付けられたこの天体。それにしてもなぜだろうか。なぜならば人間というものは盲目で高慢でとても鈍く、地球のわずかな土地を大雑把に測量するのに何千年もかかったからである。しかし、次のことを徐々に理解するようになるのに、大洋の岸辺で生まれる必要はない。すなわち、すべては岸や、断崖や、水に脅かされている狭い通り道でしかなく、そこに神は、掌《てのひら》一杯に握られた動物の種《しゅ》と人間の種を投げ入れることをお決めになったのである。まさしく最も危険で浸食された、短命なる土地で繁殖するために、そうして、持続と広がりを、さもなくば無を熱望するようになるために。無はその時が来たら、彼らを創造物の只中へのこの闖入《ちんにゅう》から救い出して、彼ら自身と疑わしい彼らの〔宗教・道徳的観点から見た〕行ないから助けてくれるだろうということを。

私は人生の過半を大きく越えた。息子も娘もいない。夫はいない。私の父の身体はすでに数年前に炎に委ねられた。ところで彼はどこにいるのだろうか。それを教えてほしい。私の父の最後の住処《すみか》の秘密を知っているという人に。彼はこの世の何にも増して死を恐れていたが、彼ほどそれから身を守らなかった人もいない。彼は死を認めるや否や、彼自身も、妻子である私たちも、長いこと知らなかった密かな選択に委ねるようにして、生ではなく死に身を委ねたのではなかったか。

未亡人暮しを続けていたので、そのとき彼女は、私のそばで暮らすためにやってきた。とても小さな村の小学校の校舎〈当時は小学校として独立した校舎はなく、小学校教諭の家の一室を教室として使っていた〉で私を産んだ日の大きな不安を一生を通じてわずかに持ち続けた、ひどく年老いた人。当時、私の父は二十四歳だった。隣の小村からなかなか来ない産婆を待つ間、彼は八月のたくさんいる蚊を急いでつぶし、天井や壁をその血で赤く染めていた。その日、親切で怖がらない母のことが好きな村の精神病者たちが、たぶん母のうめき声かあるいは何らかの漠然とした予感に引き寄せられて、モラッセ〔軟質砂岩〕の大階段に忍び込んできた。その階段は一年の大半はとても冷たく湿っていたが、その夏の盛りには涼しい地下倉のように快適だった。バカンスが終われば、再びそこにあらゆる年齢の農民の子供の一団が押し寄せて、ごちゃごちゃに混じり合って、たったひとつの教室で、たったひとつの黒板を前にして、たったひとりの先生、つまり私の父と向き合うことになるのだった。彼は月に百十スイス・フランを稼いでいた。それは大きな断絶、分裂――というのも私たち家族の生活を引き裂いたものをそれ以外にどう名付けたらいいだろう――以前のことである。しかし彼の中ではすでに、醸造桶の中のように、新しいワインが発酵していたのである。決して彼の父や祖父や祖先が読まなかった、彼の兄弟や幼馴染たちが知らないような厳めしい本がパリからやってきて、校舎の中に忍び込んできた。私の母はそれを驚きと疑念をもって扱った。そして、ゆっくりとそのページを繰りながら、視線がタイトルや文章の断片を拾うと、彼女の中には恐れと非難が沸き上がってくるのだった。彼女はもうすでに遅すぎるということを、妻は夫に従うことに決まっていたから、家の中で発酵している新酒の責任を自分も引き受けなければならなくなるということを理解していなかった。それは、高級ホテルとカジノとその日々を万年暦で数える外国の女王たちがあふれている高級リゾート地の真ん中で、彼らが内戦状態の都市のように別の一派にいた大分裂の年月だった。そこで、私の父の運命は明確になった。そして彼にとってそれがはっきりしたとき、彼は過去を投げ捨てて、自分の祖先の因習の中にあまりにも長いこと押し込まれてきた自分の人生を摑んだ。まずそれは彼の親族の間と故郷で非難の的になった。しかし彼は自分のために、別の家族、地図上のどこにも刻み付けられておらず、境界も定められていない、そして現代人の頭と心に少しく歴史が刻み込まれ始めたばかりの別の国を選んだ。彼がその国境と広がりを見つめるのは、肉体の目ではなく、そこで生き、そこで奉仕することへの憧憬に蝕《むしば》まれた心で、だった。空腹を癒すために、彼は古い言葉を新しい言葉に変えた。すると彼に近しい人はみんな深く悲しんだ。彼は未来を願い、彼の父祖たちの信仰を是認しなかったからである。彼は、自分自身も青春時代には、そこで聖書を読み、厳格で要求の多い神に祈っていたというのに、親族の通うユグノーの小さな教会を飛び出して、自分の国の金持ちや政府に対して報復的な言葉を発し始めた。ついに彼は小学校を捨てて、新興宗教に捧げられたあれほど多くの説教壇のように、時には広場に設置されることもある演壇に登り、この国の労働者たちに新しい理論を教えた。一方、私の母は自分が選んだつもりだった信心深い小学校教諭の代わりに危険思想の先駆者を夫に持った恥ずかしさと恐れで凍り付き、もはや教会に足を踏み入れる勇気もなく、カーテンの蔭に隠れて、夜は石油ランプの下で夫が放り出した福音書を読み続けていた。そして時として父の名が、私の国の小都市の壁に貼られる、反逆や正義という言葉を使う赤い大きなポスターに出るのだった。そしてそのポスターでは、それ以降、男たちが〈プロレタリア〉というあの名を持つようになった。

IV

私は失われた宝物を求める年老いた孤児にすぎない。その宝物を見つけ、明るみに出す時間の余裕はあるだろうか。私の道はまばらになった茂み、葉の落ちた木でしかない。しかし実に長いこと、葉の茂みに隠されていたものが、つまり、私のこれまでいた遠い国と、これから行こうとする、もうすぐ辿り着かんと近づいてくる国とが、樹皮を剝がれたあまたの小枝、あまたの裸の枝越しに、今までよりもはっきりと見えるようになるのではないだろうか。

私は、今になってはじめて、老いの訪れを新たな種類の孤絶と感じるようになったわけではない。私は、いつだって孤絶していると感じてきたではないか。なぜかというとまず第一に、健康が優れず、まわりの心配性の大人たちによって同年代の子供の遊びから遠ざけられてしまうようなひとりっ子だったためだ。それに、私の父は、既成社会にとって当時としては大いに危険な思想であると同時に、私が学校に通っていた頃はずっと、級友の親たちの心に恐怖と冷寒をもたらし脅えさせる思想を公言していたからである。結婚せず、子供がいなかったがゆえの孤絶。また、ヨーロッパという名の車輪の動かぬ中心部であり、〈現代史〉の片隅に置かれ、何世代にもわたり、絶えず不幸が近隣諸国の門戸を叩いているというのに、〈歴史〉から免れる限りにおいて不幸を免れてきた、この小さな国に属しているがゆえの孤絶。同胞の人々と一緒にではなく、外国人に混じって生計を立ててきたがゆえの同胞からの孤絶。また、無数の大人と子供が飢え、諸国民が野宿する世の中で、私は日夜しっかりと雨露がしのげ、十分な食にありつけ、きちんとした身なりをしているがゆえの孤絶。私たち一家の通っていた教会にも、そして父には教会代わりだった党にもほとんど行かないがゆえの孤絶。おまけに今や私は若さをとうに失っているから若者からも孤絶し、そして、脱皮して新皮――もっともこの場合は「老皮」と言うべきだろうが――を纏《まと》い終えた頃に変身しているはずの姿にはまだなっていないにもかかわらず、元の自分から引き剝がされたがゆえに自分自身からも孤絶している。いずれにせよ、自分の人生をくどくど語りはじめたこの女とは一体何者なのか。何者になろうというのか、毎晩、岸に網を手繰り寄せる両の手以外に。まもなく夜闇に覆われてしまうものを、毎日、救おうとするこの女は。だとすれば、これはある種の挑戦なのだろうか。日が沈んでしまう前に、生者と死者を数え上げるというのか。彼らを家畜の群れのように自分の周りに集めたり、漁師が網を使ってそうするように彼らを岸に引き揚げようというのか。そう、羊飼い、漁師になろうというのだ。家屋を、門戸を見つけなくてはならない。言葉の力によって再集結し、一緒に。ページに収まった、忘却の後想起された人々の顔が、互いに相手を認識し、安堵し合うとともに、再発見された彼らの人生の断片の中に蘇生者としての熱気を送り込むことができるようにするために。

# V

　この老いつつある女の体、私の体は子供を産んだことがなく、この先も決して産むことはないだろう。だが私の人生には長いこと男たちがいた。どの人も夫ではなかった。どの人も私ひとりのものでさえなかった。彼らはつねに私のものになる前に他の女のものであった。彼らの妻、あるいはまた妻以外の女たちのものであった。ある男たちは彼らの〈思想〉に属していた。時折、そのうちのひとりが私という土地に根を張ることがあった。そうした男たちでさえ、本当のところ私のものではなかった。しかし、切り株は木が切り倒された後も、長いこと地面に深く食い込んだままである。そんなわけで私は、樵《きこり》が大いに働いた森林の地面のように、全身に根が張ったままである。

　私の人生には、つねに男がいた――あるいはそれは私の空想の中だけのことだったかもしれない。時折それは男の顔だけだった。と言うよりも、彼らの内のひとりのものであった声とか手とか仕草とか。しかし私がそれらに与える重要性がそれらを増大させて、無限に増殖させていった。あの声、あの手、あの仕草、もうそれ以外のものはこの世に存在しなかった。そしてひとりの男が私から離れていき、やがて日ごとに小さくなっていく彼の後ろ姿しかもはや見えなくなると、もうすでに別の男が地平線に現われていて、まさに私と道ですれ違おうと、そしてたぶんそこで立ち止まろうとしているのだった。そして最初の男のシルエットが遠くにますます小さくなる人影を浮き上がらせているときに、近づいてくる方の男は見る間に大きくなっていった。時には一方の男がまだ遠ざかっていないのに、もう一方の男が私の近くにやってくることさえあった。どちらの男も互いの存在に感づいていなかった。まだそこにいた方は自分に取って代わるために他の男が近づいているのに気づかず、近づいてきている方は、男がまだ私の傍らにいるのが分からなかった。彼らは惑星間ほどの隔たりに位置するふたつの世界のようだったが、私の頬か髪、そしてそれらの上のそれらを愛撫《あいぶ》したもう一方の手の跡に遭遇するためには、それぞれが手を伸ばしさえすればよかったのである。彼らはふたりとも、勘が働かず、嗅覚を失った、盲人のようだった。私だけにふたりが同時に見えていた。私にはふたりがよく見えていたので、彼らが普段そうしていたように私の目を見つめると、双方が、そこに逆さまの、縮小して二重写しになったふたつの男の像を見てしまうのではないかと心配になることさえあった。それで私は人生のこうした時期に、よく目を伏せていた。それほど私の瞳の中にその二重の像を、そして私の眼差しの中に死んでいくものと生まれてくるものに対するその二重の不安を発見されるのではないかと恐れていたのである。生まれてくるものは私の眼差しの中で揺り籠の中の赤ん坊のようにまどろんでいた。

そして時折、どちらも同じ仕草をした。私がそこに手を乗せるために、彼らは両手を大きく広げて差し出すのだった。それから私の手の上に、宝物——一方にとっては手の上に乗せて重さを量ったことのある既知の宝物、他方にとっては嗅ぎつけ、不法に発見した宝物——のように、身を屈めて、自分だけがそうしていると信じて、それぞれがそこに唇を押し当てるのだった。しかし私には彼らが同時に見えていて、苦しかった。彼らがひとりだけだったらよかったのにと思っていたからだ。それで彼らがふたりいるということをもはや見ないようにするために、私は彼らを交互に撥ねつけることがあった。あるいは反対に、すでに十分かき抱かれた男の腕の中に私はいるのに、ついで、まだ自分を抱きしめたことのなかったもうひとりの男の腕に私は抱かれながら、震え始めることがあった。するとひとりが尋ねるのだった。

「どうしたの」

私は「何でもない」と答えた。

もう一方が今度は尋ねた。

「もしかしてあなたは私を怖がっているのですか」

私は答えた。

「そう、私はあなたが怖いの……」

それから習慣と思い出から解放されて、体が鎮まるときが訪れるのだった。そのとき、心が経験した喜び、快さのすべては沈静し、長いこと後退したままとなった。こうした喜びと快さを長い間育み、促してくれていた男の呼びかけにはもはや応じず、新しい呼びかけにもいまだ応じることはなかったから、喜びも快さもあいかわらず潜在しており、新しい呼びかけに応じるときには、以前のようになって、再び芽生え始めた葉のように広がり、私を灌漑《かんがい》して、全身に染み込んで私を蘇生させるために、私の血管の中を流れるようになるということが分からなくなっていた。そして同時に欲望が、真冬に退《ひ》いて木の中心に引っ込む樹液のように治まるのだった。その機会が再び巡ってきたら、力強く盲目的な流れをより良く取り戻すために。そうとは知りもせずに三人して闇の中でぶつかり合うときに。すべてが白日の下にさらされるまで、なぜなら私たちを救い出し、三人に共通の苦悩について私たちに説明するために、言葉に助けが求められたからである。しかしそれは、たいていいつも私をさらに大きな苦悩に屈服させることになった。それまで見ることのなかった他人が闇の中から突如出来《しゅったい》してくる。言葉がそれを私の目に映すためである。私に見えなかったのは、その人が私の目の前ではなく私の視野の外で自分のパートを演奏していたからで、それを明るみに出す言葉が無ければ、その人は代わりに演奏し続けていただろう。ところでその人とは別の女だった。こうして私も自分が盲目だったことに気づいた。別の女がまだ彼と同じ道を歩んでいて、彼の肩にもたれて、私が望んだほど速く、彼が私の方に進み寄ってこないよう牽制していたのに、連れのいない男が、その眼差しに私の姿だけを映して私の方へ進んでくるのが見える、私はそう思っていた。その別の女に、私も闇の中でつまずくところだった。私の髪は彼女の髪ともつれ合おうとしていた。私が頬を押し付けるために初めて広げられる手のひらに、時折私はその女の香りを認めるようになるのだった。それに苦しむために、私は仕草や眼差しが含んでいる過去の重さと広がりをはかることを、そして未知の唇の柔らかさの中に、まだ私には向けられていなかった古いキスの痕跡と、もはや私には向けられなくなるキスの前兆となる輪郭線とを発見することを学ぶようになるのだった。そして不安のあまり、愛のこの筆舌に尽くし難い絶望から解放されたいと望んで私は跪《ひざまず》くことがあった。しかし時として私の祈りはその目的から離れてさまよった。私が懇願するのはもはや解放されることではなく、その反対に決して解放されないことだった。その絶望の中心には喜びが潜んでいて、喜びもまたなかなか形容し難く際限がないもので、私に見つけられるのを待っていると、たとえばアーモンドを包んでいる果肉のように喜びを包んでいるその絶望が癒えることによって、喜びも失ってしまうだろうと感じていたからである。それが長いこと、私の狂気であった。私は決してそれが癒えることはないと思っていた。

# VI

彼女は生まれたときから私に与えられていた。すでに子供のときから、好きな顔が私の目の上に覆いかぶさってきて、他のどんな姿にも目を塞がれてしまっていた。当時好きだった顔は、他の名前だったが、すでにどれほどの力を与えられていたことだろうか！　いつか自分自身の道を進むことができるように、それらを枝のようにかき分けなければならない日がやってくることになるのだった。

顔の力は、莫大で——その振動が皮膚の下に入り込み、肉体の細胞の隅々まで確かな道を掘って浸透していく声の力ほどではないことも時にはあるが——視線や息やうめき声や言葉の訴えを肉体の糧と綯《な》い交ぜに、通過させるためだけに、半ば開いたり裂けたりする、ぴんと張られた皮膚の神秘に起因している。初め、顔は私たち巣から落ちた雛たちを恐怖で震え上がらせる。雛たちにとって人間の顔は、まず異常さ、恐怖、罠の徴《しるし》であるからだ。揺り籠の中で、私は両親の顔にしか耐えられなかった。当時見慣れない顔が近づくと、いつも私はわめき出したそうだが、それほどまでに恐ろしいどんなものを、両親以外の顔に見出したのだろうか。これらのポリプ〔腔腸動物の基本形態。イソギンチャクなどのように岩などに付着して生活するもの〕について、これらの穴の開いた海綿動物について、私たち不動の幼虫の周りを輪になって踊りながら絶えず形を変える蛸《たこ》について、音や雑音を発しながら開いたり再び閉じたりする、皺が寄ったり膨らんだりする奇妙な形の寄せ集めについて、それこそが自分自身の姿であり、あらゆる喜びとあらゆる責め苦の源泉のように、そのうちのひとりに自分の人生を依存させるまでは、それこそが同胞全員の顔なのだ、ということを徐々にではあるが、私たちは知ることになる。

　美しく、すべすべして、輝いていたのを知っている実に多くの顔が、少しずつ崩れていくのを目にした苦しみから、私は癒えることができるだろうか。人目に付かないが効力のある何らかの作用によって、柔らかい肉体や顔をあんなにも長いこと覆いつくしていた絹のようにきめ細かく滑らかな肌に卑劣にもじかに、拷問《ごうもん》と呪いを及ぼしたその作用によって、むごく扱われ、今日では、それらの顔は、かつてそうであったものの残骸からほとんど見分けられないほど変化を蒙った姿で生まれ変わる。ああ！　顔は守られてほしい、顔は病気や〈時の神〉からだけではなく、火葬用の炉の炎からも救われ、地中の動物の嚙《か》み傷からも守られてほしい。顔が持っていた名前が生存者のリストから抹消されたとき、顔はどうなるのだろうか。目はどうなるのだろうか、口は、あんなに信頼感のこもった、ナイーブで大きな生きる喜びに膨らんでいた唇は、どうなるのだろうか。どうして、主よ——こうあなたは呼ばれています——どうして許されるのか、そしてさらに悪いことには、望まれるのか、あなたの似姿であるすべての人間がひとりずつ仮借なく消されるのを。あなたが望まれた通りのこれらの頬、これらの端正な鼻孔、この狭く謹厳なこめかみ、そして息が、時にはあなたの名前が、さらにあなたの名前に対する勇気ある怒りが通り抜ける口。すぐに縁が欠けて何のためらいもなくお払い箱にされる壺のように、無から現われ出るや否や、必ず壊され、宇宙のごみ箱に捨てられるこの人型の恐ろしい浪費。地球に送り出されるや、たちまちにして理解不能な焦燥感と性急さに殴打され、破壊されるのに、つねに新たに生み出されるこの顔の創造……どうしてなのか。

そうですとも、どうか手が休み、動き回るのを止めますように、その奇跡的な力が消え去りますように。両足が地面に定着して、そのあとで風化しますように！　ゆっくりと肉体が諦めますように。でも息が通り抜けるのをそのままにしておいてください、人間の顔を無傷のままにしておいてください！

# VII

ある日――どうしてこの日、この体験を忘れられるだろうか――私は数時間、ほぼ名の知れないものに、自分の同胞の能力と手に委ねられた動かない物体のようなものになった。同胞のうちの何人かが私をどうにでも好きなようにでき、私に対して何でもできるという危険にさらされていた。通常なら、そのような他人への隷属や、そのような身柄の拘束は、重罪院〔最高裁判所に相当〕か刑務所でしか見当たらないわけで、つまりはその朝、私は、受けなければならない簡単な手術のために病院にいただけなのである。私はそれが目前に迫っていることで不安と恐れでいっぱいになっていた。そして準備をしてもらっている間、私がそれにどんな思い出も結び付けられない名の無い顔が私の方に傾《かし》げられている間、過度の権利を私が認めている未知の手が、私の体に暴行を、普段なら私には我慢できなかったようなあらゆる種類の小さな暴行を行なっている間、私は抑圧的な〈必然性〉に押し潰されそうになると同時に、自分が、自分に対して為されたり、自分に課されたりし始めたすべてのことに同意しているのを感じていた。

すでに私は地下の、なお一層、常ならぬ場所、白色と定められている正方形の大きな空間、その壁を擦《こす》り、どんな陰影もそこから取り除けるまで、それぞれの物体を露出させる、目もくらむばかりの光の餌食となった場所に運ばれていくところだった。私は、自分の周りに、慣れる時間もほとんど持てなかったさっきの人々と交代して、また別の同胞が幾人かいることに気がついた。まばゆい明かりにもかかわらず、私にはその人たちの顔立ちがマスクに隠れていて見えなかった。私には、彼らが下から上まで私の上に身を屈めているように見えたが、そのことは異論の余地なく私が手術台の上にいて、そのうちの誰も、友だちでもなく、まして親戚でもない人たちの未知の行為にお手上げで屈し、これ以降、逃げたり、身を守ることができないということを意味していた。犯人が是が非でも片づけたくて、たぶん運河か近くの川に投げ捨てようとする厄介な死体のように、手足を縛り上げられていたのではないだろうか。しかし私は少しも反抗することを考えず、反対に、私の世話を引き受けてくれた、私が目をつぶって私の運命を委ねた、手袋をして白い布に覆われた亡霊、正体不明のにせの犯人に囲まれ、奇妙な安心感を感じ始めてさえいた。いったいどうしてだろうか。なぜならば私は彼らと同じように人類の一員であるから、そして彼らが私の利益と救命だけを望んでいることを私は知っていたからである。仮に私が森の小動物だったとして、よりうまく倒すためだけにその時を待ち、狙っていた無思慮な狩人《かりうど》の手中に落ちた場合とは逆だった。そしてその途方もない特権、それまで考えもしなかったその特権についての天啓は、麻酔によって引き起こされた完全な非存在の中に消えていこうというときに与えられたのである。しかし、私が再び存在し始めて、そのことを自覚し始めた瞬間はひどく変わっていた。まず最初にもっぱら肉体的な感覚。私は自分が家にいて、いつも目覚める時間だと思った。そしていつもそのときそうであるように、できるだけ長く動かないでいたかった、それほど起き上がるという考えが、普段からあまり気に入らないのである。それから私は誰かが私の手を握っているような感じがした。それは温かで、重み、厚みがあって、生き生きして柔らかな肌をしていた。その手と、私は、自分がまるごと一体化しているような気がした。まるで私の片手だけではなく、体全体が居心地が良い避難所のように守ってくれる手のひらに逃げ込んだかのようだった。その感触によって、すべてが私の頭の中に少しずつ戻ってきた。手術は行なわれたのだろうか。私はまずそれを疑うことから始めた。というのも、喉に、鋭利な器具でひどく切り傷をつけられたはずのその損傷した器官に、何ら特別な痛みを感じなかったからである。その瞬間、その喉は、無いも同然の体、感じる能力をすべて自分の最下級の部分に、腕の先端に託してしまったその体にひとまとめにされて、完全に無に帰していさえした。しかし、ベッドに私がいるということは、あることしか意味していなかった。私は手術を施されたばかりか、これまでそうだったことのない、〈時の神〉から奇妙にも匿《かくま》われたのだった。最も深い眠りよりもさらに深く、なぜかと言えば、いかなる夢も、いかなる知覚も、自分が死んだようになっていた時間に生気を与えることがなかったからである。その間、私の体は耐え難かったに違いない試練に耐え、そこから記憶を失い、生き返ったのである。私には一秒も流れ去っていないように思えるが、その放心はかなり長く、あとで一時間以上続いたことを知った。しかし奇跡はまさにそのようなものだったのであり、私はその生贄となることを、余儀なくされると同時に同意したのであった。私は無傷で、目を閉じたまま、ある手が自分の手を握ってくれているのを喜んで、その奇跡から醒めた。私はそれが母の手だと思った、というのも母は私に、私が目を覚ますときにはベッドのそばにいてくれると約束していたからだ。私は彼女を見るために薄目を開いたが、いかつい顔をした知らない女性の看護師だけが私のそばに座っていた。それが誰のものか分かるずっと前に、私がその恩恵をもたらす感触とその〔人の心を〕獲得する力を感じたのは、彼女の手だった。それが私の期待した人のものではなかったのに、私はその感触と力とを感じ続けていた。再びその温かさが私の中で、他のあらゆる知覚を消滅させていた。できるだけ長いことそれを享受したいと願う最高の幸福のように、私はこの奇妙な状態を楽しんでいたので、目が覚めているのを悟られないように注意した。やがて私は、そこに黙って座っている女性に対して、不思議な気持ちを、一種の無限の愛を感じ始めた。私は、私を母に結び付けている糸よりもさらに不思議な糸で、自分が彼女に結ばれていると感じた。たしかに、私はそのような絆があろうとは予想したこともなかったし、それがこんなに説得力を持ちうるとは思ってもみなかった。ところでそれはどんな性質のものだったろう。無に帰そうとするまさにその瞬間につかんだ真理が、再び、しかしはるかにもっと力強く、私の中に染み込んできた。私は人間だ、体の表面は目に見え、皮膚の下は目に見えない、そうしたすべてがはっきりと識別でき、否定しえない特徴を備えるひとつの種の一員だ。この種に属しているすべてのものに——その色がどうであれ——私はつながっていて、木の枝がそれを支える幹に結ばれているように、結ばれている。驚くべきことに、この発見は、私に強い反感を抱かせる代わりに、私を吸収したり破壊するかもしれない付和雷同的な連合や群衆といった類いの概念が私の内に時として引き起こしてきた嫌悪をかきたてる代わりに、私を一種の至福に浸らせていたのである。その非常に新しい感情、初めてこれほどまでに、こんなにも私的な形で覚えたその感情に、私は遠慮せずに身を委ねた。その感情にますます満たされ、ついに、自分のものである所属を、十全な形で私に知らされたばかりのその所属を、完全に受け入れるに至った。なぜなら、この異論の余地がない真理は、ただ私の心だけに強い印象を与えたのではなく、言わば皮膚を通して、私の中に染み込んでいたからである、私がもはや同胞の思いのままに生きる不完全な存在でしかなかったまさにあの瞬間に、私の手を握ってくれていた見知らぬ女性の手のおかげで。

# VIII

さいなまれることなくしては、花が萎れたり、雲が少しずつ消えるのを目にしたり、ドアが開いて閉まる音を耳にしたりできない時期があった。物と私との間に、経験して知らねばならない苦痛な関係が、私の眼差しのひとつひとつから、耳に助けられ、私の血に受け入れられて、生まれかけていた。

そのころ私には仕事がなく、過去の出来事を消し去りたいということ以外の望みを持たず、ひとりで暮らしていた。一日は時間区切りで流れていた。それは早くも遅くもなかった。私は時間の外側にいた、でもどこにだろうか。私は日の出から日の入りまで、太陽の動きをそのために使いながら、時間が壁や家具の上に置く光の反射によって、時間の経過を推測しているだけだった。たとえば晴天であれば、太陽の光が整理箪笥に達する瞬間が毎日やってきた。それからそれが、大きな鏡を捉える瞬間が。それから少し経って、寝室は薄暗がりに沈み、次いで闇に包み込まれる。

私は太陽が向かいの楡《にれ》の蔭に消えたところで、地球と私の人生の一日がもうじき無に身を委ねる、そのことが分かるのだった。

私は時折真夜中に起き上がって、飲み物を飲んだり、少し食べ物を口にしたりして、それから再び横になった。夜と昼がはっきりした輪郭を持たずに、融解するようにして過ぎていった。時折、自分が死んだような気がした、ある人たちが「魂は死者の肉体から離れる」と言うように——しかしどんな証拠があるのだろうか——、魂が突然、私から離れて、私の後からついて来ないで、立ち去ってしまったのである。だから肉体を活気づけているのは、住人が部屋から部屋へと途方もない回路で動き回って家に生気を与えるように、体の隅隅にまで生気を与えているのは、人生の経験をするために一時的な道具のように体を使っているのは、魂なのだろう。魂がまどろんでいるか、病んでいるか、さまよっているときに、それを収めている住処はもはや死者の亡骸《なきがら》でしかない。それは真であるか。それは偽であるか。

昼間の大部分を寝て、夜が近づかないと目を覚まさない時期がやってきた。昼と夜の時間が見事に入れ替わり、夜の間すべてが生き返り、一方、昼の間中すべてがおぼろになるのだった。それから昼と夜が、私の睡眠なり夢想なりを包含するたったひとつの時間の流れの中に混じり合った別の時期がやってきた。私は光も闇も必要としなかった。私は無意識状態に飢え、無へと突き進んだ。

起き上がること、ベッドの外に一歩踏み出すという、困難な決心がつけばすぐに行動に移す方がよいことをするのが、ますますつらくなってきていた。私はストッキングを穿《は》いて、歯を磨いて、髪をとかして、家から出るのだが、たとえそれがあの封筒を郵便受けまで取りに行くだけのことであっても、ややこしいということを知った。あの封筒はもう決してそこには見当たりそうもないのに、私は愚かしくも期待を捨てきれずに、あいかわらず受け取りたいと思っていたのである。私は片方のストッキングを急いで穿いてから、さあこれからもう片方のストッキングを穿こうという段になって完全にやる気を失くしてしまうことがあることを、そうして一日中、片方の足だけにストッキングを穿かせたままで、もう一方は素足のままマットレスのへりにぶらぶらさせたままでいられることを知った。そして皮を剝くべき野菜の、作るべき料理の選択がさらにどれほど乗り越えがたいものになることか、そしてベッドがそこで、ベッドメイキングされず乱れたままの状態で自分を呼び続けているとき、どんな些細なことを決めるのもさらに難しく、不可能にさえなることか。そして時折、他の人たちが町中で仕事に励んでいる時間に、ベッドに再び横になってしまうと、そこでいつも待ち受けているのは、望んだまどろみなどではない。押し寄せる血の暴力と、肉体が要求する血を拒む魂の嫌悪が待ち受けているのだ。

時折、乗り越えなければならない障害にもかかわらず、服を着て通りに出るという大変な努力をしてみることもあった。どこかの公園まで歩いて行くのだ。が、ひとつひとつの歩道に沿って、どの公園の小径でも、仮借なく過ぎ去った過去の、自分がごく普通の女、愛されている女だった過去の残酷な情景が立ち上がってくるのだった。何が私にできただろうか。人に涙を見られるのが嫌で、壁伝いに、うつむいて歩く以外に、なにしろこうした散歩の途中で、愚かにも泣き出す瞬間がいつも訪れるのだった。大急ぎで帰宅すると、すべてのドアを閉めて、私は涙を流した。涙が湧いてきて、その水源が汲みつくせないかのようにあとからあとから湧いてくるのだった。夜が過ぎ、朝が来ても、涙を涸《か》らすことができるものは何ひとつなかった。そのときすべては異様な強度と意味合いを帯びていた。私は普段、経験しないようなことを感じていた。形や音や色の中に新しい感覚を見出せるような気がした。その感覚は脅迫と教訓に満ちていた。すべてが前兆、しかも思いもよらない、時にはほとんど耐え難い現実の衝撃的な前兆になった。

そんなわけで私は、もう通りの騒音が聞こえてこないように、とうとう窓を閉め切ったままにした。しかし階段やマンションの隣の家から聞こえてくる足音や話し声から、どうやって自分を守ればいいのだろうか。同様に私の寝室の壁に映る影の動きや光線を目で追うのが、とてもつらくなった。その間、動かないまま、我を忘れ、魂が私に肉体だけを残して私から離れてしまったような気がして、死の如く半睡状態で横たわっていたが、昼も夜も色あせて、実質を失ってしまったのに引き換え、以来、現実が私の中に殺到して、自分の進むべき道を模索しているように、行く先々で掘ってはすべてを壊し、私の心の中に、大きく裂けた傷口を開け、私の命の腐植土を灌漑し、水浸しにして、まるで今やその現実が何か並外れた仕事に取り組み、何かの誕生にすがりさえしているかのようだった。私はまだその性質が摑めなかったが、あの喜びの誕生かもしれなかった。私は愛によってその喜びがあれほどまでに深いと知ってしまったから、その喜びの不在と思い出が私の心を荒《すさ》ませたのだった。そしてその喜びはそれまで、その愛を自覚することや、ただひとりの人だけがその喜びを生まれさせそれを私に与える力があるという確信に結び付いていたので、私には喜びがその人の同意と助けがなければ存在できないように思われた。それなのに私はあの苦しみとあの涙の向こうに、私が取り上げられた喜びに匹敵する喜びを、もはやあの愛、あの人に結び付かない喜びを見つけ、獲得すべきだと感じることがあった。そしてその喜びは、私の涙と同じように、それまで涙だけが私に予感させる力があった何か深い秘密の井戸にその源を発していると感じることがあった。この考えは、自らの内に力と望みを備えていた。まるで私の中のこの隠れ場所の存在を私に意識させることによって、氷の層の下に埋め込まれ、まだそこに囚われたままになっている喜びの方へ、ほんの少しずつ私を向かわせるかのようだった。時折、強烈な生気が私の意識から湧き起こり、深い所（そこでこの秘密は求められているがまだ見出されずに待機していた）から、私の涙が辿ったのと同じ内部の困難な道をゆっくりと進んで、通りすがりに恵みの微細な朝露のように私を浸潤しながら上ってきた。したがって無気力状態や放心状態の日々と比べると、私の涙が流れた日々は、名付けようのない幸福に満ち満ちていた。私は、それがもう戻ってこないのではないかと、そしてそのあと避けられず危惧された時期がたぶん永遠に続いて、私の心は再び潤いを失って現実とのあらゆる接触を失ってしまうのではないかと危惧するほどだった。

こうして私の人生には一種のサイクルが、というよりはむしろ、潮の満ち干のようなものが出来上がった。数週間、私は自分から離れて、涙も欲望もなく、感性を失うのだった。それから、そんなことは予想だにしていないときに、何らかの懐旧、何らかの突飛な考えが、うわべの世界との接触を、その身を焼くような、それでいて幻惑的と言っていいような接触を回復させた。そのとき、日々は苦しみを埋め合わせ、鎮めるのに適した豊かさと優しさに染まっていた。苦しみはその代償であり、その不可解な原因であったかもしれない。

私はいつもの体裁を繕っていた。少なくとも自分ではそう信じていた。もはや誰とも会わなかったのだから、誰に私が体験している最中のことが想像できただろうか。

それは午後のことだった。よくそうしていたように、私は光を背にして寝ていた。そして人生のあの時期、ときどきそうしていたように、私は、愛している男の、私を虜《とりこ》にした魅力や資質、さまざまな魅惑を——財宝を計算するように——鑑定し、合計し始めた。それらは長い間私の命の糧であって、その味を知ったために私はもうそれ以外のものを口にすることはできなくなってしまったかのように、それらが欠乏して死にそうだった。私は、何度も何か月もの間、彼を作ってきたように、新たにあの人を自分ひとりのために作り直していた。母親が子供を作るように、彫刻家がフォルム〔美術用語で、形、形式をあらわす〕を作るように。それはまるで彼が私にすっかりそのまま返されてきたかのようだった。そしてまた同時に奪い取られたかのようだった。私はさらにもう一度、私のものだと思っていたものに見とれた。そして再び私はそれを失った。私は操作を繰り返したので、言うに言われぬ喜びと耐え難い苦しみとを交互に味わっていた。時々刻々と与えられ、そして取り上げられる。長い間、私はこの頭を使うゲームに、目を閉じて、最高度の拷問の如き訓練のように、一生懸命になり精魂尽き果てた。それは耐えがたいものとなった。そこで昆虫が出口を見つけられず、出口を探して、壁にぶつかるように、私の頭はそこを通って地獄から逃げられそうな、あるかもしれない断層を探し始めた。私があの男のものと認める素晴らしいもののすべて——それらが真に彼の特性であることを認めるとして——は彼に賦与されたものであり、それは他の所から来たもの、つまり彼の外にあるもので、独力で存在しているものなのだ、執拗にそう考えるよう努めた。たぶん撒《ま》き散らされ、散乱したかけらとなって、あるいは逆に濃縮されて一か所に集められて、ここかしこに、とても近くにあるいはとても遠くに、他の人々の間で、他の形となって、たとえばそれは芸術作品や思想となり、行為となって現われるのだと。『あの男の中に私がこんなにも愛着を感じているもの、』私は考えた『それは私にとっては値が付けられないほど価値がある美点の総体である。だが私にそれらの美点が掛け替えの無いものに思えるのは、彼がそれらのただひとりの持ち主のように見えるからである、まるでそれらの長所が彼の中に、そして彼によってしか存在できないかのように』だから私はそれらの長所はむしろ彼の体の中に、交換と同化との長い過程や、目に見えない物質の中心に向かう不可思議なゆっくりした歩みを経て、組み込まれたのである、そしてその目に見えない物質はどこか不確定の場所に源泉を持ち、そこではそれらの美点がずっと以前からエキスの状態で存在しているのである、と考えるように努力した。道に迷わぬようそこまで進み、自分のためにその入り口を開けることができる確かな手掛かりを摑みさえすれば、私はそれらの美点を純粋な状態で、あの人を介さずに味わうことができるだろう、そのときからあの人の不在と喪失は私にとってもうそれほど耐え難いものではなくなるだろう。そこで私は、私が今まであの人にあると認めていた長所を彼から切り離して、言わば長所の源にまで遡る努力をした。それは自力で、彼抜きでそこへ辿り着いて、喜びを得るためだった。そしてその探求に執着していると、私は急に自分が、自分自身から無理やりに引き離されて、目が回るような速さで未知の方向へ、ある場所（おそらく私のものとなった意識状態に相当するようなもの）まで引きずられて行くように感じた。そこで、私は目にした――でもどんな目で？　どんな思いもよらない器官で？――、広大な河口のようなものを、そこに河幅の広い流れる大河の、色も光もない灰色の塊が、ほとんど液状の粘土と泥水のようなものが、じわじわと進んで流れ込んでいた。次いであっけにとられている中で、新たな分裂が起き、それによって私は自分が形と光のない果てしない広がりの限界まで突き飛ばされたような感じがした。その広がりはそれ自体も色がない大洋、苛酷な力を発散している物質の集合体や堆積のようなものであって、あの不可思議な大河は、そこに流れ落ちながらも、そこに源を発しているように見えた。私は、味わったことのない印象を覚え、まるで雷に打たれたように打ちのめされた。そしてそれがどれほど異常なことに思われようと、その印象は何らかの悪夢の最中にそうなるような恐怖を伴うものではなく、言いようのない喜びであって、その喜びが私の中に急流の激しさでほとばしっていた。そして、その中枢は私の気管支に、喉の奥に、眼窩《がんか》にあり、その余波が私の全身に伝わっていた。新たな涙はもはや苦くはなく、甘美でも、気持を和らげるものでもなく、一粒一粒が大きな喜びに、一粒一粒が恍惚となって、私の顔貌を濡らし、耳朶《じだ》の奥へと流れ落ち、流れながらその奇異な特徴ゆえに、恐ろしいが素晴らしいこの喜びを増大させ、その喜びに私はコートのように包まれ、くるまって、高波の波しぶきに運ばれているようだった。

長いこと私はじっとして、考えないでいた。その間、少しずつ、とてもゆっくりしたリズムで、一滴ずつ、私の血管の外に、その今まで味わったことのなかった喜びは流れ出ていた。私はその流れを止めようと試みた。ああ！　何もその喜びが弱まるのを食い止めることはできなかった。それで、私は、その湿気と朝露が朝の暑さの中で蒸発する土のように、自分の乾きと自分独自の泥と石の組織を取り戻すだろう瞬間が来るのを感じていた。

数日、数週間、数か月が過ぎた。ヒステリーの発作、一種の心理的なオルガスムス、狂気の瞬間だったのだろうか。ある人たちが、神秘的体験と呼んでいるものだったのだろうか。私としては、人間の体と感覚器官のあれほど特異な動きに名を付けるのは諦めた。しかしながら、人間の言葉の中には名前がないかもしれない、そして二度と決して起こらなかったあの体験を、苦悩だけが――まるで苦悩が私たちの中に新しい器官と感覚を創り出す力を持っているかのように――引き起こし誘導したあの旅路を、私は拠り所とする。と同様に、我々の全き現実の思いもよらない部分、日常生活では支障なく突き抜けたり、乗り越えたりできないような気密性の高い壁が私たちをそこから隔てているので、それと気づかずに、私たちが浸っている部分をも私は拠り所とする。

あの瞬間から私の治癒は始まったのだろうか。私はあまりよく分からない。それはもっと月並みに、少しずつ、時間と、自分に課した内面のたゆまぬ規律とから出来した。それは数年と毎日の取るに足りないものの助けとを必要とした。毎日のささやかなものは、我々がそれを受け入れると、ひび割れを塞ぐことや、傷口を包帯で巻くことや、秘密裏に新しい骨組みの建設に貢献することができるのである。

いわゆる極私的な問題は、カテドラルよりも高い壁となって世界を隠してしまうので、その後ろでは、もはや何も見えなくなってしまうが、今日、いわゆる極私的な問題から自由になって、私の昔からの誤った考えや自分自身に対する共犯と甘さのおかげで、あの高い壁が私にあまりにも長いこと隠しおおせていたこと、つまり他人の人生や万物の美しさを、自分は受け入れる心づもりができていると、僭越ながら考える次第である。同様に、未知の、あるいは世に忘れ去られたかもしれない、私たちがその探求に取り掛かるのを待っている真実へ向かう薄暗い道を求めて出かける心づもりもできていると。

そうである以上、沈黙を破るべきとき、言葉にすがるべきときではないか。牡蛎のように言葉の殻を割らずして、言葉に暴力を加えずして、それを成し遂げられるだろうか。子音の使い古された骨組みの下に、味わいが潜んでいる。私の分の味わいは、ずっと前から、私の落ち度とまた状況とのせいで、石化して、固くなっている。どうやってそれを見つけ出し、解き放ってやったらいいのだろうか。フィルムが閉じ込めていた映像を無理やり解放させるには、ハイポの水溶液〔写真の定着に用いる液〕に写真のフィルムを浸す。言葉が蘇って、隣り合って[006]生きていく術、ページの上で一緒に呼吸する術を学ぶために、他のどこに沈黙した言葉を浸せばいいのだろう、解放された心の澄んだ水の中以外に。

# IX

私の女としての人生は二十歳から五十歳まで、三十年ほど続いた。それが無に帰したとき、それが私の始まったばかりの老年期の多孔質の土地に吸い込まれるが、徐々に消えゆくとき、その三十年とは何であるか。ほら、始まったこの新しい日々、私はそれが自分を蝕むことにのみ費やされるだろうということが分かっているが、この日々の流砂によって、その三十年は吸い込まれ、ゆっくりと消えていく。私の女としての人生の三十年が眠りに就いて、堅くなるこの広大な墓場の上でとうとうふたつの岸——子供時代の岸と凋落に向かう時代の岸——がつながった。

私には子供がいない！　そのことで苦しんだことがあっただろうか。否。姉妹がいない、兄弟がいない。夫がいない。父はもういない。私には母ひとりが残っていた、彼女はあまりにも多くの歳月を背負い込んで、ますます弱っているのに、ますます重くなるその重荷によろめき、ときどきその重みに押しつぶされないように、自分の遠くに、その重い荷物を投げ出さなければならなかった。そんなとき、彼女は「記憶がなくなっていく……」と叫ぶのだった。

そんな風に、まるですでに一部分ずつ死んでいくように、まるで時の強い圧力によって鑢《やすり》をかけられ、削られ、少しずつ傷つけられるように、日ごとに自分がそうであったものより少しずつ劣っていく八十歳の年老いた母であるのは素晴らしいことなのだろうか、それともおぞましいことなのだろうか。情熱と郷愁と悔いに燃える心を持ち、日ごとに少しずつ小さくなり、縮んで、痛み、不器用になっていく足にとって、日ごとに少しずつ大きくなる靴の中で踊るように揺れる足に支えられた、年老いた母。小さな子供の足は、それが日ごとにしっかりしてくるまでの間、ふらついている。しかし彼女のは、日ごとにおぼつかなくなって、動かなくなって、両足を揃えて、乾いた粘土のように硬直するまでの間、ふらついていた。飛ぶように、踊るように、歩いていた彼女の永久に動かない足。ひとり娘が結婚せず、子供を産まなかったから、祖母にも、曾祖母にもならず、母親にしかならなかった年老いたママ。健気な心を持ち、皮膚が薄く透けるようになった――そのため血の流れが多数の細い小川を交えて、ほとんど黒に近い青色をした奇妙な植物や花のようになってそこに浮き出ていた――年老いた女性。まったく新しい心痛の重荷を抱える八十歳の、夫を失ったばかりの未亡人であるのは、素晴らしいことなのだろうか、それともおぞましいことでしかないのだろうか。黙るのを拒否する心痛、それほどまだ言うことが、要求することがたくさんあり、たえずその愛と死の物語を丸ごと最初から、細部にわたって、昼も夜も一日中語らなければならないのである。人けのなくなった、ひっそりとした何もない空間となったこの世で声高に話す心痛。だが心痛がこの世をなみなみと満たし、そこから氾濫した川のように溢れ出る。人けのない世界、そしてその中央には骨壺があり、その中には私の父の最後の、あんなにも美しい顔であったものが納められていた。彼女がまだ愛さなければならなかったのは、まずそれ、〔愛せよと命じる〕合図であるとともに苦い残留物でもあるその骨壺、次にこの別の合図、こちらは暫定的に生きている肉体を持った、この年老いた子供、結婚していない、彼女の娘だった。こうしてその骨壺と私は、彼女の人生のふたつの核であった。損なわれて、一部破壊された時間の只中で、過去の破損した組織の内部で。その過去は、語られ、生きられたが、必ずしも是認されたわけではない非常に古い教典の如く組み立て直すよう、理解するよう努めなければならなかった。しかしそれが彼女にとって、この世でたったひとつの重要な教典ではなかったか。だから文字や行がもつれ合うと、それらを結び付けている道しるべの糸〔ギリシア神話で迷路の出口に導くアリアドネの糸〕が切れると――そしてそれはよく切れるのだった――、足元に穴が空くと、そのとき、私の母の頭も傾き、ふらつき、そして彼女はこう叫ぶのだった。「変だわ、くらくらする……」

　このマンションの居住者が、そしてこの町のすべてのマンションの居住者が眠っているときに、昔の死者や、最近ラジオや新聞で報じられた死者、人生行路で別れを告げた死者を、根気よく数え上げ、数え直すために、眠らずにいるのは、壁に向かって、あるいは神に、人の死や病の原因について尋ねるのは、そして五十年以上も前に産んだ娘の腕にすがって歩きながら、遠い昔のたわいない苦難を求めに行くのは、素晴らしいことなのだろうか、それともおぞましいことなのだろうか。夫と死別して以来、彼女は自分が彼に抱いている愛情をあんなにもうまく隠しおおせて、私にあんなにも多くの愛情を示したことを、どれほど後悔しているように見えたことか。「我が娘！」、彼女はこの短い三つの語を彼の目の前で、何とうまく発する術を心得ていたことか！　何と挑発に満ちたこれ見よがしの生気で、彼女は、彼に向けてその短い三つの語を頻繁に、膨らませていたことだろうか。彼の方は一杯食わされて、少しがっかりしていた、もしかしたら恥ずかしかったかもしれない、あるいは逆に無関心だった、何しろ彼には自分の〈思想〉、〈政党〉、〈大義〉があったのだから。それが彼女にあっては、絶対的な、本人の前では告白されない、彼だけが唯一の対象である贔屓を隠す一種の巧みで腹立ちまぎれの仮面なのだと、どうして彼に見抜けただろう。私自身、長いこと思い違いをしていた。私は、彼女が私のためだけに生きている、私だけを愛していると信じていた。そしてもしかしたら、彼女はそう信じようと努力していたのかもしれない。どうして彼女自身が認めることができただろう、時として私は、熱中したギャンブラーのような彼女の手に握られたトランプの切り札にすぎないということを、救いの呪文、打開策、賭け金に過ぎないということを、つまり、彼女は彼の顔に「我が娘」と、闘牛士が牛に深紅の布を突き出すように浴びせているのだということを。「お前の娘！」と彼は言い返すのだった、そして彼は書斎に籠もって、〈現体制などに対する〉攻撃文書を書き、未来の都市と、そしておそらくいつも「我が娘」と言うわけではなく、「あなたの言うとおりだわ……」と言ってくれるような誰か別の女性に思いをはせるのだった。そうなのです、父よ、もしあなたが知っていたら、どんなに彼女があなたをいたわり、弁護し、敬ったかを、どんなに彼女があなたを自分の愛情にふさわしく作り直し、整形したかを、というのも死者の粘土は生き残っている者の手に従順なのですから。あなたがたの人生でばらばらにされ、切り裂かれたものの断片を、彼女はかき集め、繋ぎ合わせ始めました。その上、もしあなたが知っていたら、もしあなたが分かっていたら、どんなに彼女が、疲れを知らない落穂拾いとなって、落ちた穂をひとつひとつ拾い集めていたか、どんなに彼女が編み落としたひとつひとつの目を拾い、どんなに小さな残りでも見つけるために熊手で掃除し、かき集めたかを、どんなに彼女が永遠の糧を作るために、昔の愛情の粉をひっきりなしに練っていたかを。あなたに理解できますか。あなたは驚くでしょうか。否、もちろんあなたは言うでしょう。「それは全くの嘘だ、彼女は想像力が豊かだ、そんなものは私の肖像画じゃない、いつものように彼女は問題を避けたままだ……」と。でももっともっと分かってください、彼女があなたがたの日常生活だったものを承諾したことを分かってください。そのことで長いこと苦い思いを噛みしめていた彼女でしたが、あなたが死ぬと、彼女の口には苦苦しさではなく、蜜の味が戻ってきたのです。彼女はあなたに付いて行くために、彼女が丸一年身に着けていたサン・ルー病院〔スイスのヴォー州、ジュラ山脈の麓に位置する。サン・ルー教団が一八五二年に創設した看護施設を母胎とする〕の〔プロテスタントの〕社会奉仕婦人団員の白いベールとグレーの制服を捨てたのではなかったでしょうか。あなたのために彼女はさらにもっと他にも多くのものを、彼女にとって何にも増して大切なものを、親戚縁者の賛同を、諦めたのではなかったでしょうか。故意に黙り、心配し、眉を顰《ひそ》めるようになった親類縁者を、彼女は何度も安心させ、彼らに警戒を解かせようと試みました。彼女には夫がなったものに対する、夫が新聞に書いていたことに対する、夫が広場や、集会で叫び立てていたことに対する抵抗が潜在的に、密かに残っていたと、どうして認めずにいられよう。それらすべてを彼女はついに承諾したのであり、それらすべてを彼女は遅ればせに畏敬し始めたのであり、他の人たちに、自分と一緒に、彼女がまだ生きなければならなかった数年の間、敬意を表するように促したのであり、その間彼女は一度も存在したことがなかったあの理想的な家族、すべての対立がひとつの共通の生地の中に混じり合い、息子の考えは父の考えであるような、兄の考えは他の兄弟とすべての甥《おい》たちの考えであるようなあの家族を作り上げることだけに頭を使ったのだった。ひとつのドア、ひとつの絆、ひとつの跳ね橋であることしか望まずに。おお！　彼女が作ったその優れた新しい〈特定領域の〉〈語彙集〉、その新しい翻訳、そこから言葉の樹皮は落ち、そこに彼女は自分の愛情の樹液、味わい、塩だけを残した。そしてそこでは彼女のすべての愛する者たちがついに同じ言葉を話していたのである。

# X

こうして、その大プロジェクトに、その持続的創造に夢中になって、彼女は行ったり来たりしていた。彼女はよろけて、壁やドアにしがみついていたが、頑として手助けを受け入れず、頑なに自分の任務を果たしていた。毎日、段々弱っていくのに、彼女は掃除をし、洗濯をし、料理をし、皿洗いをし、擦り切れた家庭用布製品の繕いをしていた。生きようとこれほど執念を燃やした人の、過去を変えようとこんなにも粘り抜いている人の、その肉体を身動きできなくして強張らせ、大理石のように冷やし、その筋肉を萎縮させ、その息を奪い、その心臓の鼓動を止めるのに数時間で十分だろうということを私は知らないわけではなかった。何日か、何時間かのちには、起こるかもしれなかった。そしてそのとおりになった。しかもすべてが父の時そうであったとおりに、もう一度行なわれた。

私は非常によく覚えている。彼のために牧師は顔を汗びっしょりにしていた、あるいは涙で濡らしていたのかもしれない。彼は、棺《ひつぎ》の上で両手を広げた、間もなく内部に収納され、吹き飛ばされ、何が起きているのか、誰にも何も見えもせず、聞こえもせずに、消えてなくなる棺、それほど火葬場では、棺がそこで傾く仕切り板のシステムが巧みにできているのである。「あなたは塵だから、塵に帰る〔「創世記」第三章十九節〕」と牧師は、あたかも千人に話しているかのように、そして火葬用の炉のずっと彼方にまで自分の声を聞かせようとしているかのように、とても大きな声で言った。しかしながら、彼が話しかけているのは、死んだ私の父に対してだけであり、こうした状況で彼がこのように親しく呼びかけているのは、確かに私の父だったが、父の存命中、牧師はそのようなことを一度もしなかった。しかしふたりの男は知り合いで、旧市街の通りで出会うと、二言三言ことばを交わし、時には話の続きをするためにカフェに行って座ることもあった。私の父は彼に、「神は存在しない、ともかく神に対する人間の寛容は、驚くべきことに思える」と言っていたかもしれない。自分の同意なしに、自分が家族の伝統と習わしに、再び組み込まれるのが分かったら、私の父はさて、どう反駁していただろうか。まだ私の目の前には、あの信じられないほど端正できりりとした、和らいだ顔、彼の最期の顔となったあの顔が浮かんでいた。彼はそれを一生を通じて私たちに知らせずに——たぶん自分自身も気づかずに——予備にとっておいて、それをまさに最後の瞬間に彼の唯一の最期のメッセージのように、私たちにくれたのだった、というのも沈黙の中に逃げ込んで、彼は私たちにひと言も言わずに死ぬことに決めたからだ。

すでに、パイプオルガンが轟《とどろ》き始めていた。その力強さは、音が楽器自体からだけではなく、斎場の構造全体から、それぞれの壁から、屋根から、もしかしたら白熱した地下からも湧き出て、激しく打ち寄せてくる大河のようだった。まるで火葬場の全体が、建物を固めるセメントとコンクリートのどの小区画にも開口部と道を切り開く、巨大なパイプの組織網に過ぎないかのようだった。パイプから漏れる音の波は私たちをもみくちゃにして、私たちを打ち、私たちをくらくらさせた。それは音の波が私たちをびしょ濡れにし、慣らし、耳を聾《ろう》せんばかりにし、私たちの感覚を占拠するためだった。さらには最悪の大罪の瞬間を、奇妙な熱さでじわじわと生暖かくしていた私たちの足下で、仕切り板が開き、葬儀の間に、棺が炎の中に傾くだろう瞬間を認識する力を失わせるためだった。というのは、大オルガンがなければ、私たちはその瞬間が分かってしまったかもしれないからだ。だがまるで何にも気づくことはなかった！棺を載せる台の周りに丸く並べられた薔薇の大きな花輪や樅《もみ》の十字架や紫陽花《あじさい》の鉢やリボンが、そして棺の上の飾りそれ自体が、あいかわらず棺を覆い隠しているように見え、棺はまだそれらの形や輪郭にぴったり合っていた。しかしながら、その策略にもかかわらず、私はそれらはみんなまやかしにすぎず、その巧妙な演出ももはや何も覆い隠してはいないと分かっていた、なぜならば私の父は、最後の変貌へとひとりで向かわせるまでの三日間、母と私で見つめ続けていたあの美しい顔とともに、今や、炎の餌食となっていたからだ、まるでこれ以降は私たちの愛は彼をその恐ろしい結末から守る力がないかのように。そうしたわけで犯した侮辱罪を、許諾した遺棄を思って、私たちは恥ずかしげにうなだれていた。

そうなのである、今一度、私はそれを生きなければならなくなった。これからは、もう私に怖いものは何もない、もう私を動揺させるものは何もない。人間は神を言い表わすのに、つまり自分たちの理解を超えるものであり、それにあるいはその人に、自分たちが統合されていると感じるものを呼ぶのに、ただひとつの名前を持っているのを私は知っている。彼らは神に生の王国も、死の王国も同じように君臨させた、そうすることによって彼らはふたつの王国が、同じひとつの大陸のふたつの国のように、同じ一軒の家のふたつの階のように、一体を成していると感じ取っていることを示した。生を支配させる者、死を支配させる者を示すのに、すでにただひとつの名前を持っているのだから、人間はいつか生を言い表わすのにも、死を言い表わすのにも、もはや同じひとつの名前だけが口の先まで出かかるようになるかもしれない、そうすればそのときから、死は彼らにそれほど恐ろしいものではないと思えるようになるだろう。

# XI

人生の味わいが、自分の周囲の存在を通して、最も簡素な物、形、家具だけではなく、掃除用具を通してさえも感じられるようになった時期があった。人間が作り出すもの、涵養するもの、発明するものすべてに対する、つまりデッサン、音楽、俳優の演技、詩、絵画に対する私の興味はどれほど根強く、激しかったことか。幸福感は、私に生者であることへの強烈な感謝の念と同時に与えられ、その感謝の気持ちは、時折、喉と肺の中の、とても心地よい重さ、熱さ、存在のように感じられた。いったい私は何を嘆くことがあろうか。白状すると、私は自分から生まれた子供、破滅の道を急ぐ受刑者の顔つきをした子供がいなくて寂しいということはほとんどなかった。私は人間の遊び[007]を一部しかやらなかったのだろうか。私の〔親に対する〕子としての部分だけは無私無欲であり、諸芸術や調査研究や果てしない夢想に快く没頭する部分は真摯《しんし》であった。葉叢《はむら》や海洋への私の激しい愛だけは下心がなく、面識がない美しい顔への愛は苦悩と痛恨がなく、独占欲もなかった。これらすべての探求や夢想、知性と感覚の遊びは、私にこの上ない喜びをもたらした。それで私は一生を――少なくとも一日中、事務関係の仕事をしている賃金生活者に残された時間を――過ごした、愛する男の顔が、私の一生を一滴ずつ吸い取っていかない限りは。その他のことに関しては、私はすべて距離を置いて、目の上に手をかざして、遠くから、非常に遠くから眺めていたのではなかったか。向こうで何が起こったのだろう。出産している向こうでは、飢餓で死んでいる向こうでは、殺害している向こうでは。近づくのを、他の人たちの仲間に入るのを、私も出産するのを、私も飢えるのを恐れて、殺されるのではないかと恐れ、虫さえも殺すのを怖がるくらいに。むしろ想像力で、遠くから他人の人生を思い描く方を好んで。彼らが背負っている苦悩や愛を書面でより良く引き受けるために、彼らとあまりにもよく一体化していたので、私は自分自身のアイデンティティを忘れることもあった。私は自分には、一方で与えたものをもう一方で取り上げるという残酷な展開を前にした私の姉妹たちの狼狽《ろうばい》を、自分の中に引き取る義務さえあると思った。しかしながら、私は他人だけが、私の口を通して語っていたと、私が失念でなければ、無関心や無遠慮からパンのように海洋の水面にそれらを投げるために[008]、彼らは秘密のメッセージを私に託していたと主張するつもりだろうか。本当のところ、自分自身以外のことを表現したことが、かつてあっただろうか、自分の世界だけをせかせか大股に歩き回ることを余儀なくされ、あちこちで自分自身の壁にぶつかって、しばしば窓やドア、それ以上に反響を求めて、握り拳《こぶし》で叩いている私が。今後は、私は別のことをするだろうか、いつか、ずっとそこから抜け出せなかった領域の境界を乗り越えることができるだろうか、私は漁師として、思い出の深海で、その漂流物を集める役割をしている筌《うえ》を御して、そのびっしょりと濡れた、重たい、塩で輝く漂流物を生者の浜辺できらめかせてみたい。

私は、かつて他の人の足を洗ったことがあっただろうか。傷口に包帯をして、自分のたった一枚のコートをあげたことがあったろうか〔「マタイによる福音書」第二十五章三十五－四十節〕。わたしはいつもコートを一枚以上持っていた。私はかつて、住む所がない見知らぬ人と自分のベッドを分け合ったことがあったろうか。ハンセン病患者や戦傷者のもとへ急いだことはあったろうか。否、しかし私はその道の専門家が仮設舞台で上演する出し物や、四重奏と五重奏を聴かせる心地よい場所に駆け付け、そして夜には何ページも〔つまらないことを〕書きなぐった。それでも私は毎日抱いていた、同情心を、たえざる捧げ物として、でも誰へのだろうか。私は苦しみと不正の光景を見て、自分の同情心を豊かにし、それを育んでいた、そして私も未来を、他の人たちが私の援助によって建設するだろう未来の都市を願って、私には正しいと思える〈大義名分〉のために、私にはそれを救済するのが公正なように見える窮乏のために、郵便為替に記入していた。申込用紙に月末ごとに書くことになっているいくつかの数字、自慢するには及ばない給料からその行為によって、差し引かれたいくらかのお金、もっとも小さな犠牲。こうして私は人生の半分以上を生きてしまった。さてこの哀れで高慢な女は、他人の足を洗ったこともないのに——しかもそれだけが必要なことだったであろうに——、私をみんなと似たり寄ったりにする自分自身の臨終に向かっているのに、自分が魚網を握っていてそれを投げることができると思っているのである。

# 註

## みつばちの平和

001——ケルト起源の物語で著者不詳。十二世紀後半にはいくつかの物語の断片がフランス語で書かれた。騎士トリスタンは伯父のコーンウォール王マルクの妃になるべきアイルランド王女イズーを迎えに行くが、誤って飲んだ媚薬の魔力でふたりは恋に落ちる。多くの苦難を退け苦悩しつつ愛を貫き、死ぬまで貞節を守り通す。

002——ルイーズ・ラベ（Louise Labé 一五二四－六六）は、非常に美貌で、奔放な熱情あふれた恋愛詩で名を馳せたルネサンス期リヨンで活動したフランスの女性詩人。引用は『ソネット集 *Sonnets*』（一五五五）の「ソネット・第二番」の冒頭部分。

003——フランスの詩人・小説家・劇作家（Victor Hugo 一八〇二－八五）。その死が国葬をもって送られたロマン派の統帥。ナポレオン三世の迫害を逃れて亡命したジャージー島に死んだ長女の霊が現われたことをきっかけに、二年ほど家族やその友人たちと降霊会を行なう。

004——*Jean-Christophe* はフランスの作家ロマン・ロラン（Romain Rolland 一八六六－一九四四）の全十巻に及ぶ大河小説（一九〇四－一二）。ベートーヴェンをモデルにしたと言われる作曲家ジャン＝クリストフを主人公にその精神的成長を描く教養小説。ロランはこの作品によって一九一五年にノーベル文学賞を受けた。

005——カール・ツェルニー（Carl Czerny 一七九一－一八五七）は、オーストリアのピアニスト・教育家・作曲家。教育用のピアノ曲にすぐれたものが多く、その教則本は現在でもピアノ学習者に広く用いられている。

006——貧しく不幸であることの譬え。「ヨブ記」は旧約聖書の中の一書で、不当な試練の意味を理解しようとする信仰深い義人ヨブを主要な登場人物とする。

007——古代ギリシアの喜劇詩人（Aristophanēs 前四四六頃－前三八五頃）。代表作『女の平和』（前四一一上演）では、長期化したプロポネソス戦争をやめさせるため、アテネのリュシストラテをリーダーに両国の女性たちがセックス・ストライキ戦術に出て男たちを良識と正気に引き戻す過程がおおらかな性の笑いを通して描かれる。

008——フランスの作家フローベール（Gustave Flaubert 一八二一－一八八〇）の小説『ボヴァリー夫人 *Madame Bovary*』（一八五七）の女主人公のように感情的・社会的な欲求不満から空想の世界へ逃避しようとすること。二十世紀前半、心理学用語にもなる。

009——オーストリアの詩人リルケ（Rainer Maria Rilke 一八七五－一九二六）の『若き詩人への手紙 *Briefe an einen jungen Dichter*』。詩人志望の青年からの手紙に答えて、青年が直面した精神的な苦痛に対して、深い共感に満ちた助言を書き送ったもの。

010——テクストの原文«... à la recherche de ce vaisseau perdu...»はプルースト（Marcel Proust 一八七一－一九二二）の長編小説『失われた時を求めて *À la recherche du temps perdu*』（一九一三－二七）を彷彿させる。

011——「マタイによる福音書」第十章三十九節。「……わたしのために命を失う者は、かえってそれを得るのである」と続く。

012——引用は、フランスの象徴派の詩人で自由詩の創始者のひとりラフォルグ（Jules Laforgue 一八六〇－八七）の詩集『なげきぶし *Les Complaintes*』（一八八五）に所収の「哀れな若者の嘆き」«Complainte du pauvre jeune homme»から。

## 残された日々を指折り数えよ

001——ジャン・ド・スポンド（Jean de Sponde 一五五七－九五）はフランスのユマニストであり詩人。彼の宗教詩は雄弁で深みがあり、バロック詩の傑作のひとつと目される。引用は『キリスト教的な数篇の詩の随想 *Essay de quleques poëmes chrestiens*』（一五八八）の「死の十四行詩・第五番」«Sonnet de la Mort V»の冒頭部分。アリス・リヴァの『人生の痕跡 *Traces de vie*』（一九八三）に収められた一九三九年から一九四八年の手帳にルイズ・ラベらとともにスポンドも当時再び関心を集めるようになった作家として名前が挙げられている。

002——フランスの宗教戦争の影響は大きかった。一六八五年にナントの勅令が廃止されて国外に逃れたフランス人をジュネーヴやローザンヌは受け入れた。ジュネーヴは「プロテスタントのローマ」と呼ばれた。これらスイス西部へのフランス人の亡命は、フランス語圏人口の増加をもたらすとともに、時計工業などの面でスイスの技術発展に貢献した。

003——鎌と砂時計を手にした有翼の老人の姿で擬人化される。

004——スイスの女性参政権は連邦レベルでは一九七一年まで待たなければならなかったが、カントンレベルでは、フランス語圏が早く、一九六〇年代からヴォー、ヌーシャテル、ジュネーヴとバーゼルシュタット准州（都市部）で承認された。

005——この表現は「ヨハネによる福音書」第七章六節の「わたしの時はまだ来ていない」というイエスの言葉を想起させる。

006——この表現は、ロマンド文学の父、C・F・ラミュ（C.F. Ramuz 一八七八－一九四七）の未完の小説『隣り合って置かれて *Posés les uns à côté des autres*』を想起させる。

007——ロジェ・カイヨワ（Roger Caillois 一九一三－七八）の著書『遊びと人間 *Les Jeux et les hommes*』（一九五七）を想起させる。リヴァの『人生の痕跡』にはカイヨワへの言及はあるが、この作品に関する直接の記述はない。

008——このイメージが晩年の大作『汝の糧を与えよ *Jette ton pain*』（一九七九）に結実した。Jette ton pain は《Jette ton pain sur la face des eaux, car après bien des jours tu le retrouveras.》「あなたのパンを水の上に投げよ、多くの日の後、あなたはそれを得るからである」という旧約聖書「コヘレトの言葉」（「伝道の書」ともいう）第十一章一節の冒頭部分からとられている。

# アリス・リヴァ〔1901–98〕年譜

▼——世界史の事項　●——文化史・文学史を中心とする事項　**太字ゴチの作家『タイトル』**——〈ルリユール叢書〉の既刊・続刊予定の書籍です

## 一九〇一年

八月十四日、アリス・リヴァ、本名アリス・ゴレイはスイスのヴォー州ロヴレで生まれる。

父ポール・ゴレイは当時、小学校教諭であったが、のちにスイス・ロマンドの社会主義を牽引する人物。

▼マッキンリー暗殺、セオドア・ローズベルトが大統領に〔米〕▼ヴィクトリア女王歿、エドワード七世即位〔英〕▼革命的ナロードニキの代表によってSR結成〔露〕▼オーストラリア連邦成立〔豪〕●ノリス『オクトパス』〔米〕●キップリング『キム』〔英〕●ウェルズ『予想』、『月世界最初の人間』〔英〕●L・ハーン『日本雑録』〔英〕●ヘンティ『ガリバルディとともに』〔英〕●ラヴェル《水の戯れ》●シュリ・プリュドム、ノーベル文学賞受賞〔仏〕●ジャリ『メッサリーナ』〔仏〕●フィリップ『ビュビュ・ド・モンパルナス』〔仏〕●マルコーニ、大西洋横断無線電信に成功〔伊〕●ダヌンツィオ「フランチェスカ・ダ・リミニ」上演〔伊〕●バローハ『シルベストレ・パラドックスの冒険、でっちあげ、欺瞞』〔西〕●フロイト『日常生活の精神病理学』〔墺〕●T・マン『ブデンブローク家の人々』〔独〕●H・バング『灰色の家』〔デンマーク〕●ストリンドバリ『夢の劇』〔スウェーデン〕●ヘイデンスタム『聖女ビルギッタの巡礼』〔スウェーデン〕●チェーホフ《三人姉妹》初演〔露〕

一九〇四年［三歳］

一家は父の赴任先のクラランへ。病弱だったアリスは九歳まで小学校に通わず、母から初歩を学ぶ。

▼英仏協商［英・仏］▼日露戦争（〜〇五）［露・日］●ロンドン『海の狼』［米］●H・ジェイムズ『黄金の盃』［米］●コンラッド『ノストローモ』［英］●L・ハーン『怪談』［英］●シング『海へ騎り行く人々』［英］●チェスタトン『新ナポレオン奇譚』［英］●ミストラル、ノーベル文学賞受賞［仏］●J＝A・ノー『青い昨日』［仏］●ロマン・ロラン『ジャン＝クリストフ』（〜一二）［仏］●コレット『動物の七つの対話』［仏］●リルケ『神さまの話』［墺］●プッチーニ《蝶々夫人》［伊］●ダヌンツィオ『エレットラ』、『アルチヨーネ』、『ヨーリオの娘』［伊］●エチェガライ、ノーベル文学賞受賞［西］●バローハ『探索』、『雑草』、『赤い曙光』［西］●ヒメネス『遠い庭』［西］●M・ヴェーバー『プロテスタンティズムの倫理と資本主義の精神』（〜〇五）［独］●フォスラー『言語学における実証主義と観念主義』［独］●ヘッセ『ペーター・カーメンツィント』［独］●S・ヴィスピャンスキ《十一月の夜》［ポーランド］●S・ジェロムスキ『灰』［ポーランド］●H・バング『ミケール』［デンマーク］

一九一〇年［九歳］

父は教職を去り、政治に転向、一家はローザンヌに転居。

▼エドワード七世歿、ジョージ五世即位［英］▼ポルトガル革命［ポルトガル］▼メキシコ革命［メキシコ］▼大逆事件［日］●バーネット『秘密の花園』［米］●ロンドン『革命、その他の評論』［米］●ロンドンで〈マネと印象派展〉開催（R・フライ企画）［英］

●E・M・フォースター『ハワーズ・エンド』〔英〕●A・ベネット『クレイハンガー』〔英〕●**ウェルズ**『ポリー氏』、『**〈眠れる者〉目覚める**』〔英〕●アポリネール『異端教祖株式会社』〔仏〕●クローデル『五大賛歌』〔仏〕●ボッチョーニほか『絵画宣言』〔伊〕●ダヌンツィオ『可なり哉、不可なり哉』〔伊〕●G・ミロー『墓地の桜桃』〔西〕●K・クラウス『万里の長城』〔墺〕●リルケ『マルテの手記』〔墺〕●H・ワルデン、ベルリンにて文芸・美術雑誌「シュトルム」を創刊（〜三二）〔独〕●ハイゼ、ノーベル文学賞受賞〔独〕●クラーゲス『性格学の基礎』〔独〕●モルゲンシュテルン『パルムシュトレーム』〔独〕●ルカーチ・ジェルジ『魂と形式』〔ハンガリー〕●ヌーシッチ『世界漫遊記』〔セルビア〕●フレーブニコフら〈立体未来派〉結成〔露〕●谷崎潤一郎『刺青』〔日〕

## 一九一一年〔十歳〕

ヴィラモン女子中学・高等学校（男子に匹敵する中等教育を女子にも施すことを目指して一八三九年アレクサンドル・ヴィネによって創設された）に通学（一九一六年まで）。

▼イタリア・トルコ戦争〔伊・土〕●ロンドン『スナーク号航海記』〔米〕●ドライサー『ジェニー・ゲアハート』〔米〕●ウェルズ『ニュー・マキャベリ』〔英〕●A・ベネット『ヒルダ・レスウェイズ』〔英〕●コンラッド『西欧の目の下に』〔英〕●チェスタトン『ブラウン神父物語』（〜三五）〔英〕●ビアボーム『ズーレイカ・ドブスン』〔英〕●N・ダグラス『セイレーン・ランド』〔英〕●ロマン・ロラン『トルストイ』〔仏〕●J・ロマン『ある男の死』〔仏〕●ジャリ『フォーストロール博士の言行録』〔仏〕●ラルボー『フェルミナ・マルケス』〔仏〕●メーテルランク、ノーベル文学賞受賞〔白〕●プラテッラ『音楽宣言』〔伊〕●ダヌン

ツィオ『聖セバスティアンの殉教』［伊］●バッケッリ『ルドヴィーコ・クローの不思議の糸』［伊］●バローハ『知恵の木』［西］●S・ツヴァイク『最初の体験』［墺］●ホフマンスタール『イェーダーマン』、『ばらの騎士』［墺］●**M・ブロート『ユダヤの女たち――ある長編小説』**［独］●フッサール『厳密な学としての哲学』［独］●セヴェリャーニンら〈自我未来派〉結成［露］●アレクセイ・N・トルストイ『変わり者たち』［露］●A・レイェス『美学的諸問題』［メキシコ］●M・アスエラ『マデーロ派、アンドレス・ペレス』［メキシコ］●西田幾多郎『善の研究』［日］●青鞜社結成［日］●島村抱月訳イプセン『人形の家』［日］

## 一九一四年［十三歳］

ピアノを習い始める。

▼サライェヴォ事件、第一次世界大戦勃発（～一八）［欧］▼大戦への不参加表明［西］●**ラミュ『詩人の訪れ』、『存在理由』**［スイス］●E・R・バローズ『類猿人ターザン』［米］●スタイン『やさしいボタン』［米］●ノリス『ヴァンドーヴァーと野獣』［米］●ヴォーティシズム機関誌「ブラスト」創刊［英］●ウェルズ『解放された世界』［英］●ラヴェル《クープランの墓》［仏］●J＝A・ノー『かもめを追って』［仏］●ジッド『法王庁の抜穴』［仏］●ルーセル『ロクス・ソルス』［仏］●サンテリーア『建築宣言』［伊］●オルテガ・イ・ガセー『ドン・キホーテをめぐる省察』［西］●ヒメネス『プラテロとわたし』［西］●ゴメス・デ・ラ・セルナ『グレゲリーアス』、『あり得ない博士』［西］●ベッヒャー『滅亡と勝利』［独］●ジョイス『ダブリンの市民』［愛］●ウイドブロ『秘密の仏塔』［チリ］●ガルベス『模範的な女教師』［アルゼンチン］●夏目漱石『こころ』［日］

一九一五年〔十四歳〕

社会主義青年連盟に加入。

▼ルシタニア号事件〔欧〕●ヴェルフリン『美術史の基礎概念』〔スイス〕●セシル・B・デミル『カルメン』〔米〕●グリフィス『国民の創生』〔米〕●キャザー『ヒバリのうた』〔米〕●D・H・ローレンス『虹』（ただちに発禁処分に）〔英〕●コンラッド『勝利』〔英〕●V・ウルフ『船出』〔英〕●モーム『人間の絆』〔英〕●F・フォード『善良な兵士』〔英〕●N・ダグラス『オールド・カラブリア』〔英〕●ロマン・ロラン、ノーベル文学賞受賞〔仏〕●ルヴェルディ『散文詩集』〔仏〕●アソリン『古典の周辺』〔西〕●カフカ『変身』〔独〕●デーブリーン『ヴァン・ルンの三つの跳躍』（クライスト賞、フォンターネ賞受賞）〔独〕●T・マン『フリードリヒと大同盟』〔独〕●クラーゲス『精神と生命』〔独〕●ヤコブソン、ボガトゥイリョーフら〈モスクワ言語学サークル〉を結成（～二四）〔露〕●グスマン『メキシコの抗争』〔メキシコ〕●グイラルデス『死と血の物語』、『水晶の鈴』〔アルゼンチン〕●芥川龍之介『羅生門』〔日〕

一九一六年〔十五歳〕

女子ジムナーズ（フランス語圏スイスの高等学校、フランスのリセにあたる）に入学。一年だけ通う。

▼スパルタクス団結成〔独〕●ユング『無意識の心理学』〔スイス〕●サンドラール『ルクセンブルクでの戦争』〔スイス〕●グリフィス『イントレランス』〔米〕●S・アンダーソン『ウィンディ・マクファーソンの息子』〔米〕●O・ハックスリー『燃える車』〔英〕●ゴールズワージー『林檎の樹』〔英〕●A・ベネット『この二人』〔英〕●文芸誌「シック」創刊（～一九）〔仏〕●ダヌンツィオ

『夜想譜』［伊］●ウンガレッティ『埋もれた港』［伊］●パルド＝バサン、マドリード中央大学教授に就任［西］●文芸誌「セルバンテス」創刊（～二〇）［西］●バリェ＝インクラン『不思議なランプ』［西］●G・ミロー『キリスト受難模様』［西］●アインシュタイン『一般相対性理論の基礎』を発表［墺］●クラーゲス『筆跡と性格』、『人格の概念』［独］●カフカ『判決』［独］●ルカーチ・ジェルジ『小説の理論』［ハンガリー］●レンジェル・メニヘールト、パントマイム劇「中国の不思議な役人」発表［ハンガリー］●ヘイデンスタム、ノーベル文学賞受賞［スウェーデン］●ジョイス『若い芸術家の肖像』［愛］●ペテルブルクで〈オポヤーズ〉（詩的言語研究会）設立［露］●M・アスエラ『虐げられし人々』［メキシコ］●ウイドブロ、ブエノスアイレスで創造主義宣言［チリ］●ガルベス『形而上的悪』［アルゼンチン］

## 一九一七年［十六歳］

ローザンヌ音楽院ピアノ科に入学。

▼ドイツに宣戦布告、第一次世界大戦に参戦［米］▼労働争議の激化に対し非常事態宣言。全国でゼネストが頻発するが、軍が弾圧［西］▼十月革命、ロシア帝国が消滅しソヴィエト政権成立。十一月、レーニン、平和についての布告を発表［露］●サンドラール『奥深い今日』［スイス］●ラミュ『大いなる春』［スイス］●ピュリッツァー賞創設［米］●**E・ウォートン『夏』**［米］●V・ウルフ『二つの短編小説』［英］T・S・エリオット『二つの短編小説』［英］●ピカビア、芸術誌「391」創刊［仏］●ルヴェルディ、文芸誌「ノール＝シュド」創刊（～一九）［仏］●アポリネール《ティレジアスの乳房》上演［仏］●M・ジャコブ『骰子筒』［仏］●ヴァレリー『若きパルク』［仏］●**ウナムーノ『アベル・サンチェス』**［西］●G・ミロー『シグエンサの書』［西］●

ヒメネス『新婚詩人の日記』〔西〕●芸術誌「デ・スティル」創刊（〜二八）〔蘭〕●S・ツヴァイク『エレミヤ』〔墺〕●フロイト『精神分析入門』〔墺〕●モーリッツ・ジグモンド『炬火』〔ハンガリー〕●クルレジャ『牧神パン』、『三つの交響曲』〔クロアチア〕●ゲレロプ、ポントピダン、ノーベル文学賞受賞〔デンマーク〕●レーニン『国家と革命』〔露〕●プロコフィエフ《古典交響曲》〔露〕●A・レイェス『アナウァック幻想』〔メキシコ〕●M・アスエラ『ボスたち』〔メキシコ〕●フリオ・モリーナ・ヌニェス、フアン・アグスティン・アラーヤ編『叙情の密林』〔チリ〕●グイラルデス『ラウチョ』〔アルゼンチン〕●バーラティ『クリシュナの歌』〔印〕

## 一九二一年〔三十歳〕

ピアノの教員免許を取得、手が小さすぎるためプロの演奏家コースに進むのを断念。

▼英ソ通商協定〔英・露〕▼新経済政策（ネップ）開始〔露〕▼ロンドン会議にて、対独賠償総額（一三二〇億金マルク）決まる〔欧・米〕▼ファシスト党成立〔伊〕▼モロッコで、部族反乱に対しスペイン軍敗北〔西〕▼中国共産党結成〔中国〕▼ワシントン会議開催▼四カ国条約調印〔米・英・仏・日〕●ヴァレーズら、ニューヨークにて〈国際作曲家組合〉を設立〔米〕●チャップリン《キッド》〔米〕●S・アンダーソン『卵の勝利』〔米〕●ドス・パソス『三人の兵隊』〔米〕●オニール『皇帝ジョーンズ』〔米〕●O・ハックスリー『クローム・イエロー』〔英〕●V・ウルフ『月曜日か火曜日』〔英〕●ウェルズ『世界史概観』〔英〕●A・フランス、ノーベル文学賞受賞〔仏〕●アラゴン『アニセまたはパノラマ』〔仏〕●ピランデッロ《作者を探す六人の登場人物》初演〔伊〕●文芸誌「ウルトラ」創刊（〜二二）〔西〕●オルテガ・イ・ガセー『無脊椎のスペイン』〔西〕●J・ミロ《農園》〔西〕●バリェ＝イン

クラン『ドン・フリオレラの角』〔西〕●G・ミロー『われらの神父聖ダニエル』〔西〕●S・ツヴァイク『ロマン・ロラン』〔墺〕●アインシュタイン、ノーベル物理学賞受賞〔独〕●ドナウエッシンゲン音楽祭が開幕〔独〕●クラーゲス『意識の本質』〔独〕●ハシェク『兵士シュヴェイクの冒険』（〜二三）〔チェコ〕●ツルニャンスキー『チャルノイェヴィチに関する日記』〔セルビア〕●ボルヘス、雑誌「ノソトロス」にウルトライスモ宣言を発表〔アルゼンチン〕

一九二二年〔二十一歳〕

ピアノ教師を始める。ドイツ語を学ぶ目的で、夏に二か月間、ドイツのハイデルベルクに滞在。ピアノ教師を続ける傍ら、スキルを身につけるため速記タイプ術を短期間で習い資格を取得。ジュネーヴのＩＬＯ（国際労働機関）を受験するが失敗。英語のブラッシュアップを始める。

▼ワシントン会議にて、海軍軍備制限条約、九カ国条約調印▼ジェノヴァ会議▼KKK団の再興〔米〕▼ムッソリーニ、ローマ進軍。首相就任〔伊〕▼ドイツとソヴィエト、ラパロ条約調印〔独・露〕▼アイルランド自由国正式に成立〔愛〕▼スターリンが書記長に就任、ソヴィエト連邦成立〔露〕●キャロル・ジョン・デイリーによる最初のハードボイルド短編、「ブラック・マスク」掲載に〔米〕●スタイン『地理と戯曲』〔米〕●キャザー『同志クロード』（ピューリツァー賞受賞）〔米〕●ドライサー『私自身に関する本』〔米〕●フィッツジェラルド『美しき呪われし者』、『ジャズ・エイジの物語』〔米〕●S・ルイス『バビット』〔米〕●イギリス放送会社BBC設立〔英〕●D・H・ローレンス『アロンの杖』、『無意識の幻想』〔英〕●E・シットウェル『ファサード』〔英〕●T・S・エリオット『荒地』（米国）〔英〕●マンスフィールド『園遊会、その他』〔英〕●ロマン・ロラン『魅せられた魂』（〜三三）〔仏〕●マルタン・

デュ・ガール『チボー家の人々』(〜四〇)［仏］●モラン『夜ひらく』［仏］●J・ロマン『リュシエンヌ』［仏］●コレット『クローディーヌの家』［仏］●アソリン『ドン・ファン』［西］●ザルツブルクにて〈国際作曲家協会〉発足［墺］●S・ツヴァイク『アモク』［墺］●ヒンデミット、〈音楽のための共同体〉開催(〜二三)［独］●ラング『ドクトル・マブゼ』［独］●ムルナウ『吸血鬼ノスフェラトゥ』［独］●クラーゲス『宇宙創造的エロス』［独］●T・マン『ドイツ共和国について』［独］●ヘッセ『シッダールタ』［独］●カロッサ『幼年時代』［独］●ブレヒト《夜打つ太鼓》初演［独］●コストラーニ・デジェー『血の詩人』［ハンガリー］●レンジェル・メニヘールト『アメリカ日記』［ハンガリー］●ジョイス『ユリシーズ』［愛］●アレクセイ・N・トルストイ『アエリータ』(〜二三)［露］●ボルヘス『ブエノスアイレスの熱狂』［アルゼンチン］

## 一九二四年［二十三歳］

五月から七月まで国際労働会議(総会)の臨時職員として雇われ、ILOの待機リストに載る。

▼ロサンゼルスへの水利権紛争で水路爆破(カリフォルニア水戦争)。ロサンゼルス不動産バブルがはじける。ロサンゼルスの人口が百万人を突破［米］▼中国、第一次国共合作［中］●サンドラール『コダック』［スイス］●ガーシュイン《ラプソディ・イン・ブルー》［米］●セシル・B・デミル『十戒』［米］●ヘミングウェイ『われらの時代に』［米］●スタイン『アメリカ人の創生』［米］●オニール『楡の木陰の欲望』［米］●E・M・フォースター『インドへの道』［英］●T・S・エリオット『うつろな人々』［英］●I・A・リチャーズ『文芸批評の原理』［英］●ルネ・クレール『幕間』［仏］●ブルトン『シュルレアリスム宣言』、雑誌「シュルレアリスム革命」創刊(〜二九)［仏］●P・ヴァレリー、V・ラルボー、L=P・ファルグ、文芸誌「コメルス」を創

刊（〜三二）〔仏〕●**ルヴェルディ『空の漂流物』**〔仏〕●ラディゲ『ドルジェル伯の舞踏会』〔仏〕●ダヌンツィオ『鎚の火花』（〜二八）〔伊〕●A・マチャード『新しい詩』〔西〕●ムージル『三人の女』〔墺〕●シュニッツラー『令嬢エルゼ』〔墺〕●デーブリーン『山・海・巨人』〔独〕●T・マン『魔の山』〔独〕●カロッサ『ルーマニア日記』〔独〕●ベンヤミン『ゲーテの親和力』（〜二五）〔独〕●ネズヴァル『パントマイム』〔チェコ〕●バラージュ『視覚的人間』〔ハンガリー〕●ヌーシッチ『自叙伝』〔セルビア〕●**アンドリッチ『短編小説集』**〔セルビア〕●アレクセイ・N・トルストイ『イビクス、あるいはネヴゾーロフの冒険』〔露〕●トゥイニャーノフ『詩の言葉の問題』〔露〕●ショーン・オケーシー《ジュノーと孔雀》初演〔愛〕●A・レイェス『残忍なイピゲネイア』〔メキシコ〕●ネルーダ『二十の愛の詩と一つの絶望の歌』〔チリ〕●宮沢賢治『春の修羅』〔日〕●築地小劇場創設〔日〕

## 一九二五年〔二十四歳〕

六月、再び受験をして、ＩＬＯにタイピスト（のちに文書係）として就職。ピアノ教師を辞める。この年からジュネーヴでひとり暮らしを始める。

▼ロカルノ条約調印〔欧〕●サンドラール『金』〔スイス〕●ラミュ『天空のよろこび』〔スイス〕●チャップリン『黄金狂時代』〔米〕●S・アンダーソン『黒い笑い』〔米〕●キャザー『教授の家』〔米〕●ドライサー『アメリカの悲劇』〔米〕●ドス・パソス『マンハッタン乗換駅』〔米〕●フィッツジェラルド『偉大なギャツビー』〔米〕●ルース『殿方は金髪がお好き』〔米〕●ホワイトヘッド『科学と近代世界』〔英〕●**コンラッド『サスペンス』**〔英〕●V・ウルフ『ダロウェイ夫人』〔英〕●O・ハックスリー『くだらぬ本』〔英〕●クロフツ『フレンチ警部最大の事件』〔英〕●R・ノックス『陸橋殺人事件』〔英〕●H・リード『退却』〔英〕●M・

モース『贈与論』〔仏〕●ラルボー『罰せられざる悪徳・読書――英語の領域』〔仏〕●F・モーリヤック『愛の砂漠』〔仏〕●**ルヴェルディ『海の泡』**、『大自然』〔仏〕●モンターレ『烏賊の骨』〔伊〕●ピカソ《三人の踊り子》〔西〕●アソリン『ドニャ・イネス』〔西〕●オルテガ・イ・ガセー『芸術の非人間化』〔西〕●カフカ『審判』〔独〕●ツックマイアー『楽しきぶどう山』〔独〕●クルツィウス『現代ヨーロッパにおけるフランス精神』〔独〕●フォスラー『言語における精神と文化』〔独〕●フロンスキー『故郷』、『クレムニツァ物語』〔スロヴァキア〕●エイゼンシュテイン《戦艦ポチョムキン》〔露〕●アレクセイ・N・トルストイ『五人同盟』〔露〕●シクロフスキー『散文の理論』〔露〕●M・アスエラ『償い』〔メキシコ〕●ボルヘス『正面の月』〔アルゼンチン〕●梶井基次郎『檸檬』〔日〕

# 一九三一年〔三十一歳〕

テオドール＝ヴェベール通り五番地のアパルトマンに引っ越す。一九九二年に高齢者向けの入居施設に入るまで同アパルトマンに居住（一九九九年、「アリス・リヴァはこの家ですべての作品を書いた」と記されたプレートが設置される）。

▼ジュネーブ軍縮会議〔米・英・日〕▼イエズス会に解散命令、離婚法・カタルーニャ自治憲章・農地改革法成立〔西〕▼総選挙でナチス第一党に〔独〕●ヘミングウェイ『午後の死』〔米〕●マクリーシュ『征服者』（ピュリッツァー賞受賞）〔米〕●ドス・パソス『一九一九年』〔米〕●**キャザー『名もなき人びと』**〔米〕●フォークナー『八月の光』〔米〕●コールドウェル『タバコ・ロード』〔米〕●フィッツジェラルド『ワルツは私と』〔米〕●E・S・ガードナー『ビロードの爪』（ペリー・メイスン第一作）〔米〕●O・ハックスリー『すばらしい新世界』〔英〕●H・リード『現代詩の形式』〔英〕●ベルクソン『道徳と宗教の二源泉』〔仏〕●J・ロマン『善意の人びと』（～四七）〔仏〕●F・モーリヤック『蝮のからみあい』〔仏〕●セリーヌ『夜の果てへの旅』〔仏〕●S・ツヴァイク『マ

リー・アントワネット』〔墺〕●ホフマンスタール『アンドレアス』〔墺〕●ロート『ラデツキー行進曲』〔墺〕●クルツィウス『危機に立つドイツ精神』〔独〕●クルレジャ『フィリップ・ラティノヴィチの帰還』〔クロアチア〕●ドゥーチッチ『都市とキマイラ』〔セルビア〕●ボウエン『北方へ』〔愛〕●ヤシェンスキ『人間は皮膚を変える』（〜三三）〔露〕●M・アスエラ『蛍』〔メキシコ〕●グスマン『青年ミナ——ナバラの英雄』〔メキシコ〕●グイラルデス『小径』〔アルゼンチン〕●ボルヘス『論議』〔アルゼンチン〕

## 一九三五年［三十四歳］

ILOで働く傍ら、小説を書き始める。

▼三月、ハーレム人種暴動。五月、公共事業促進局（WPA）設立〔米〕▼フランス人民戦線成立〔仏〕▼アビシニア侵攻（〜三六）〔伊〕▼ブリュッセル万国博覧会〔白〕▼フランコ、陸軍参謀長に就任。右派政権、農地改革改正法（反農地改革法）を制定〔西〕▼ユダヤ人の公民権剝奪〔独〕▼コミンテルン世界大会開催〔露〕●ル・コルビュジエ『輝く都市』〔スイス〕●サンドラール『ヤバイ世界の展望』〔スイス〕●ラミュ『人間の大きさ』、『問い』〔スイス〕●ガーシュウィン《ポーギーとベス》〔米〕●ヘミングウェイ『アフリカの緑の丘』〔米〕●フィッツジェラルド『起床ラッパが消灯ラッパ』〔米〕●マクリーシュ『恐慌』〔米〕●キャザー『ルーシー・ゲイハート』〔米〕●フォークナー『標識塔』〔米〕●アレン・レーン、〈ペンギン・ブックス〉発刊〔英〕●セイヤーズ『学寮祭の夜』〔英〕●H・リード『緑の子供』〔英〕●N・マーシュ『殺人者登場』〔英〕●**ギユー『黒い血』**〔仏〕●F・モーリヤック『夜の終り』〔仏〕●A・マチャード『フアン・デ・マイレナ』（〜三九）〔西〕●オルテガ・イ・ガセー『体系としての歴史』〔西〕●アレイクサンドレ『破壊すなわち愛』〔西〕●アロンソ『ゴンゴラの詩的言語』〔西〕●ホイジンガ『朝の影のなかに』〔蘭〕●デー

ブリーン『情け容赦なし』〔独〕●カネッティ『眩暈』〔独〕●H・マン『アンリ四世の青春』、『アンリ四世の完成』（〜三八）〔独〕●ベンヤミン『複製技術時代の芸術作品』〔独〕●カネッティ『眩暈』〔独〕●ヴィトリン『地の塩』（文学アカデミー金桂冠賞受賞）〔ポーランド〕●ストヤノフ『コレラ』〔ブルガリア〕●アンドリッチ『ゴヤ』〔セルビア〕●パルダン『ヨーアン・スタイン』〔デンマーク〕●ボイエ『木のために』〔スウェーデン〕●マッティンソン『イラクサの花咲く』〔スウェーデン〕●グリーグ『われらの栄光とわれらの力』〔ノルウェー〕●ボウエン『パリの家』〔愛〕●アフマートワ『レクイエム』（〜四〇）〔露〕●ボンバル『最後の霧』〔チリ〕●ボルヘス『汚辱の世界史』〔アルゼンチン〕●川端康成『雪国』（〜三七）〔日〕

## 一九三六年〔三十五歳〕

ローザンヌでアルベール・メルムが出版社とブッククラブを兼ねたギルド・デュ・リーヴル社を設立。フランス語では世界初となるこのブッククラブの設立趣旨に賛同したアリスは直ちに会員になる。アリスの熱狂に感激したメルムから依頼を受け、アリスはフランスの左派系の週刊紙「ヴァンドルディ」に、本名で紹介記事を発表。これが執筆家としての第一歩となる。

▼合衆国大統領選挙でフランクリン・ローズヴェルトが再選〔米〕▼スペイン内戦勃発（〜三九）〔西〕▼スターリンによる粛清（〜三八）〔露〕▼二・二六事件〔日〕●サンドラール『ハリウッド』〔スイス〕●ラミュ『サヴォワの青年』〔スイス〕●チャップリン『モダン・タイムス』〔米〕●オニール、ノーベル文学賞受賞〔米〕●ミッチェル『風と共に去りぬ』〔米〕●H・ミラー『暗い春』〔米〕●ドス・パソス『ビッグ・マネー』〔米〕●キャザー『現実逃避』、『四十歳以下でなく』〔米〕●フォークナー『アブサロム、アブサロム！』〔米〕●J・

M・ケイン『倍額保険』［米］●クリスティ『ABC殺人事件』［英］●O・ハックスリー『ガザに盲いて』［英］●M・アリンガム『判事への花束』［英］●C・S・ルイス『愛のアレゴリー』［英］●ジッド、ラスト、ギユー、エルバール、シフラン、ダビとソヴィエトを訪問［仏］●F・モーリヤック『黒い天使』［仏］●アラゴン『お屋敷町』［仏］●セリーヌ『なしくずしの死』［仏］●ユルスナール『火』［仏］●ダヌンツィオ『死を試みたガブリエーレ・ダンヌンツィオの秘密の書、一〇〇、一〇〇、一〇〇、一〇〇のページ』（アンジェロ・コクレス名義）［伊］●シローネ『パンとぶどう酒』［伊］●A・マチャード『不死鳥』、『フアン・デ・マイナーレ』［西］●ドールス『バロック論』［西］●S・ツヴァイク『カステリョ対カルヴァン』［墺］●レルネト＝ホレーニア『バッゲ男爵』［墺］●フッサール『ヨーロッパ諸科学の危機と超越論的現象学』（未完）［独］●K・チャペック『山椒魚戦争』［チェコ］●ネーメト・ラースロー『罪』［ハンガリー］●エリアーデ『クリスティナお嬢さん』［ルーマニア］●アンドリッチ『短篇小説集三』［セルビア］●ラキッチ『詩集』［セルビア］●クルレジャ『ペトリツァ・ケレンプーフのバラード』［クロアチア］●ボルヘス『永遠の歴史』［アルゼンチン］

## 一九三九年［三十八歳］

治安上の理由からＩＬＯの本部が一時的にカナダのモントリオールへ移転したため、失業。

▼第二次世界大戦勃発［欧］●エドモン＝アンリ・クリジネル『眠らぬ人』［スイス］●スタインベック『怒りのぶどう』［米］●ドス・パソス『ある青年の冒険』［米］●オニール『氷屋来たる』［米］●チャンドラー『大いなる眠り』［米］●W・C・ウィリアムズ『全詩集　一九〇六－一九三八』［米］●クリスティ『そして誰もいなくなった』［英］●リース『真夜中よ、こんにちは』［英］●ジロードゥー『オンディーヌ』［仏］●ジッド『日記』（～五〇）［仏］●サン＝テグジュペリ『人間の大地』（アカデミー小説大賞）［仏］●ユルスナール『とどめの一撃』

〔仏〕●サロート『トロピスム』〔仏〕●セゼール『帰郷ノート』〔仏／カリブ〕●パノフスキー『イコノロジー研究』〔独〕●デーブリーン『一九一八年十一月。あるドイツの革命』（～五〇）〔独〕●T・マン『ヴァイマルのロッテ』〔独〕●ジョイス『フィネガンズ・ウェイク』〔愛〕●F・オブライエン『スイム・トゥー・バーズにて』〔愛〕

## 一九四〇年〔三十九歳〕

ラミュの推薦でギルド・デュ・リーヴル社から最初の作品『雲をつかむ *Nuages dans la main*』をアリス・リヴァの筆名で出版。

糊口のための仕事の傍ら、中（短）編小説を女性誌「アナベル」や週刊紙「キュリユー」などに発表。同時に新聞記事も執筆、中でも週刊紙「セルヴィール」に寄稿した女性の家内労働者についての調査は特筆に値する。余暇には油絵やデッサンに親しむ（一九四五年まで）。

▼ドイツ軍、パリ占領。ヴィシー政府成立〔仏・独〕▼トロツキー、メキシコで暗殺される〔露〕▼日独伊三国軍事同盟〔伊・独・日〕●チャップリン『独裁者』〔米〕●ヘミングウェイ『誰がために鐘は鳴る』、《第五列》初演〔米〕●キャザー『サファイラと奴隷娘』〔米〕●J・M・ケイン『横領者』〔米〕●マッカラーズ『心は孤独な猟人』〔米〕●チャンドラー『さらば愛しき人よ』〔米〕●e・e・カミングズ『五十詩集』〔米〕●E・ウィルソン『フィンランド駅へ』〔米〕●クライン『ユダヤ人も持たざるや』〔カナダ〕●プラット『ブレブーフとその兄弟たち』〔カナダ〕●フローリーとチェイン、ペニシリンの単離に成功〔英・豪〕●G・グリーン『権力と栄光』〔英〕●ケストラー『真昼の暗黒』〔英〕●H・リード『アナキズムの哲学』、『無垢と経験の記録』〔英〕●サルトル『想像力の問題』〔仏〕

●バシュラール『否定の哲学』〔仏〕●ルヴェルディ『満杯のコップ』〔仏〕●エリアーデ『ホーニヒベルガー博士の秘密』、『セランポーレの夜』〔ルーマニア〕●フロンスキー『グラーチ書記』、『在米スロヴァキア移民を訪ねて』〔スロヴァキア〕●エリティス『定位』〔ギリシア〕●ビオイ＝カサーレス『モレルの発明』〔アルゼンチン〕●織田作之助『夫婦善哉』〔日〕●太宰治『走れメロス』〔日〕

## 一九四二年〔四十一歳〕

『雲をつかむ』でシラー賞（スイスで最も歴史ある文学賞）受賞。

▼エル・アラメインの戦い〔欧・北アフリカ〕▼ミッドウェイ海戦〔日・米〕▼スターリングラードの戦い（～四三）〔独・ソ〕●E・フェルミら、シカゴ大学構内に世界最初の原子炉を建設〔米〕●チャンドラー『高い窓』〔米〕●ベロー『朝のモノローグ二題』〔米〕●J・M・ケイン『美しき故意のからくり』〔米〕●S・ランガー『シンボルの哲学』〔米〕●V・ウルフ『蛾の死』〔英〕●T・S・エリオット『四つの四重奏』〔英〕●E・シットウェル『街の歌』〔英〕●ギユー『夢のパン』（ポピュリスト賞受賞）〔仏〕●サン＝テグジュペリ『戦う操縦士』〔仏〕●カミュ『異邦人』、『シーシュポスの神話』〔仏〕●ポンジュ『物の味方』〔仏〕●バシュラール『水と夢』〔仏〕●ウンガレッティ『喜び』〔伊〕●**S・ツヴァイク**『昨日の世界』、『**チェス奇譚**』〔墺〕●ゼーガース『第七の十字架』、『トランジット』（～四四）〔独〕●ブリクセン『冬の物語』〔デンマーク〕●A・レイエス『文学的経験について』〔メキシコ〕●パス『世界の岸辺で』、『孤独の詩、感応の詩』〔メキシコ〕●ボルヘス『イシドロ・パロディの六つの難事件』〔アルゼンチン〕●郭沫若『屈原』〔中〕

一九四五年［四十四歳］

「女性のプレゼンス Présence des femmes」を月刊誌「スイス・コンタンポレンヌ」の十二月号に発表、文学界における女性の地位についてはじめて意見を表明する。記事はのちに『私のものではないこの名前 *Ce nom qui n'est pas le mien*』（一九八〇年）に「厖大で新しい民衆 Un peuple immense et neuf」のタイトルで再録、さらにこの主題を発展させた論説「女性の文体と男性の文体 Écriture féminine et écriture masculine」（同書に所収）に結実する。

▼二月、ヤルタ会談［米・英・ソ］▼五月八日、ドイツ降伏、停戦［独］▼七月十七日、ポツダム会談（〜八月二日）［米・英・ソ］▼米軍、広島（八月六日）、長崎（八月九日）に原子爆弾を投下。日本、ポツダム宣言受諾、八月十五日、無条件降伏［日］●**サンドラール**『**雷に打たれた男**』［スイス］●T・ウィリアムズ《ガラスの動物園》初演［米］●サーバー『サーバー・カーニヴァル』［米］●フィッツジェラルド『崩壊』［米］●K・バーク『動機の文法』［米］●マクレナン『二つの孤独』［カナダ］●ゲヴルモン『突然の来訪者』［カナダ］●ロワ『はかなき幸福』［カナダ］●コナリー『呪われた遊戯場』［英］●ウォー『ブライズヘッドふたたび』［英］●〈セリ・ノワール〉叢書創刊（ガリマール社）［仏］●カミュ《カリギュラ》初演［仏］●シモン『ペテン師』［仏］●ルヴェルディ『ほとんどの時間』［仏］●モラーヴィア『アゴスティーノ』［伊］●ヴィットリーニ『人間と否と』［伊］●C・レーヴィ『キリストはエボリにとどまりぬ』［伊］●ウンガレッティ『散逸詩編』［伊］●マンツィーニ『出版人への手紙』［伊］●アウブ『血の戦場』［西］●セフェリス『航海日誌II』［希］●**S・ツヴァイク**『**聖伝**』［墺］●H・ブロッホ『ヴェルギリウスの死』［独］●アンドリッチ『ドリナの橋』、『トラーヴニク年代記』、『お嬢さん』［セルビア］●リンドグレン『長くつ下のピッピ』［スウェーデン］●ワルタリ『エジプト人シヌヘ』［フィンランド］●A・レイエス『ロマンセ集』［メキシコ］●G・ミストラル、ノーベル文学賞受賞［チリ］

一九四六年［四十五歳］

『砂のように *Comme le Sable*』出版（ジュリアール社）。

▼国際連合第一回総会開会、安全保障理事会成立▼チャーチル、「鉄のカーテン」演説、冷戦時代へ［英］▼フランス、第四共和政［仏］▼共和国宣言［伊］▼第四次五か年計画発表［露］▼第一次インドシナ戦争（～五四）［仏・インドシナ］●**サンドラール**『**切られた手**』［スイス］●H・ホークス『大いなる眠り』（H・ボガート、L・バコール主演）［米］●**ドライサー**『とりで』［米］●W・C・ウィリアムズ『パターソン』（～五八）［米］●J・M・ケイン『すべての不名誉を越えて』［米］●D・トマス『死と入口』［英］●**ラルボー**『**聖ヒエロニュムスの加護のもとに**』［仏］●ルヴェルディ『顔』［仏］●パヴェーゼ『青春の絆』［伊］●ヒメネス『すべての季節』［西］●S・ツヴァイク『バルザック』［墺］●ヘッセ、ノーベル文学賞受賞［独］●レマルク『凱旋門』［独］●ツックマイアー『悪魔の将軍』［独］●マクシモヴィッチ『血まみれの童話』［セルビア］●アストゥリアス『大統領閣下』［グアテマラ］●ボルヘス『二つの記憶すべき幻想』［アルゼンチン］

一九四七年［四十六歳］

数か月モンタナで結核療養。

その後、ＩＬＯに復職。

『**みつばちの平和** *La Paix des ruches*』出版（ＬＵＦ社／エグロフ社）。

▼マーシャル・プラン（ヨーロッパ復興計画）を立案［米］▼コミンフォルム結成［東欧］▼インド、パキスタン独立［アジア］

●フリッシュ『万里の長城』〔スイス〕●J・M・ケイン『蝶』、『罪深い女』〔米〕●ベロー『犠牲者』〔米〕●E・ウィルソン『ベデカーなしのヨーロッパ』〔米〕●T・ウィリアムズ《欲望という名の電車》初演（ニューヨーク劇評家協会賞、ピュリッツァー賞他受賞）〔米〕●V・ウルフ『瞬間』〔英〕●E・シットウェル『カインの影』〔英〕●ハートリー『ユースタスとヒルダ』〔英〕●ラウリー『活火山の下』〔英〕●ジッド、ノーベル文学賞受賞〔仏〕●マルロー『芸術の心理学』（〜四九）〔仏〕●カミュ『ペスト』〔仏〕●**G・ルブラン『勇気の装置』**〔仏〕●ジュネ『女中たち』〔仏〕●ウンガレッティ『悲しみ』〔伊〕●パヴェーゼ『異神との対話』〔伊〕●カルヴィーノ『蜘蛛の巣の小径』〔伊〕●ドールス『ドン・ファン——その伝説の起源について』、『哲学の秘密』〔西〕●T・マン『ファウスト博士』〔独〕●H・H・ヤーン『岸辺なき流れ』（〜六一）〔独〕●ボルヒェルト『戸口の外で』〔独〕●ゴンブローヴィチ『結婚』（西語版、六四パリ初演）〔ポーランド〕●メアリー・コラム『人生と夢と』〔愛〕●M・アスエラ『メキシコ小説の百年』〔メキシコ〕●A・ヤニェス『嵐がやってくる』〔メキシコ〕●ボルヘス『時間についての新しい反問』〔アルゼンチン〕

## 一九五一年〔五十歳〕

父死去。母はローザンヌを引き払い、ひとり娘アリスの元へ。

父は政治家としてだけではなく、スイスの最も優れた政治作家のひとりとして知られた。アリスは母と、父が生前発表した記事や演説を整理し、選集を『正義の大地 *Terre de Justice*』のタイトルで出版する。

▼サンフランシスコ講和条約、日米安全保障条約調印〔米・日〕●サリンジャー『ライ麦畑でつかまえて』〔米〕●スタイロン『闇の中に横たわりて』〔米〕●J・ジョーンズ『地上より永遠に』〔米〕●J・M・ケイン『罪の根源』〔米〕●ポーエル『時の音楽』（〜

七五)〔英〕●G・グリーン『情事の終わり』〔英〕●マルロー『沈黙の声』〔仏〕●カミュ『反抗的人間』〔仏〕●イヨネスコ《授業》初演〔仏〕●サルトル《悪魔と神》初演〔仏〕●ユルスナール『ハドリアヌス帝の回想』〔仏〕●グラック『シルトの岸辺』〔仏〕●アウブ『開かれた戦場』〔西〕●セラ『蜂の巣』〔西〕●T・マン『選ばれし人』〔独〕●N・ザックス『エリ――イスラエルの受難の神秘劇』〔独〕●ケッペン『草むらの鳩たち』〔独〕●ラーゲルクヴィスト、ノーベル文学賞受賞〔スウェーデン〕●ベケット『モロイ』、『マロウンは死ぬ』〔愛〕●A・レイエス『ギリシアの宗教研究について』〔メキシコ〕●パス『鷲か太陽か?』〔メキシコ〕●コルタサル『動物寓意譚』〔アルゼンチン〕●大岡昇平『野火』〔日〕

## 一九五六年［五十五歳］

母死去。

▼スエズ危機〔欧・中東〕▼ハンガリー動乱〔ハンガリー〕▼フルシチョフ、スターリン批判〔露〕●サンドラール『世界の果てに連れてって』〔スイス〕●デュレンマット『老貴婦人の訪問』〔スイス〕●アシュベリー『何本かの木』〔米〕●ギンズバーグ『吠える』〔米〕●バース『フローティング・オペラ』〔米〕●ボールドウィン『ジョヴァンニの部屋』〔米〕●N・ウィーナー『サイバネティックスはいかにして生まれたか』〔米〕●C・ウィルソン『アウトサイダー』〔英〕●H・リード『彫刻芸術』〔英〕●ガリ『空の根』(ゴンクール賞受賞)〔仏〕●ビュトール『時間割』(フェネオン賞受賞)〔仏〕●ゴルドマン『隠れたる神』〔仏〕●E・モラン『映画』〔仏〕●ルヴェルディ『ばらばらで』〔仏〕●マンツィーニ『鶏』〔伊〕●サングィネーティ『ラボリントゥス』〔伊〕●モンターレ『ディナールの蝶』〔伊〕●バッサーニ『フェッラーラの五つの物語』〔伊〕●サンチェス＝フェルロシオ『ハラーマ川』〔西〕●ヒメネス、

ノーベル文学賞受賞〔西〕●ドーデラー『悪霊たち』〔墺〕●デーブリーン『ハムレット』〔独〕●シュトックハウゼン《ツァイトマーセ》〔独〕●マハフーズ『バイナル・カスライン』〔エジプト〕●パス『弓と竪琴』〔メキシコ〕●コルタサル『遊戯の終わり』〔アルゼンチン〕●三島由紀夫『金閣寺』〔日〕●深沢七郎『楢山節考』〔日〕

## 一九五九年［五十八歳］

ILOを早期退職、文学活動を再開。

▼キューバ革命、カストロ政権成立〔キューバ〕●スナイダー『割り石』〔米〕●バロウズ『裸のランチ』〔米〕●ロス『さよならコロンバス』〔米〕●ベロー『雨の王ヘンダソン』〔米〕●パーディ『マルカムの遍歴』〔米〕●シリトー『長距離走者の孤独』〔英〕●G・スタイナー『トルストイかドストエフスキーか』〔英〕●イヨネスコ《犀》初演〔仏〕●クノー『地下鉄のザジ』〔仏〕●サロート『プラネタリウム』〔仏〕●ロブ＝グリエ『迷路のなかで』〔仏〕●トロワイヤ『正しき人々の光』（～六三）〔仏〕●ボヌフォア『昨日は荒涼として支配して』〔仏〕●クァジーモド、ノーベル文学賞受賞〔伊〕●カルヴィーノ『不在の騎士』〔伊〕●パゾリーニ『暴力的な生』〔伊〕●ヴィットリーニとカルヴィーノ、「メナボ」誌創刊（～六七）〔伊〕●ツェラーン『言語の格子』〔独〕●ヨーンゾン『ヤーコプについての推測』〔独〕●ベル『九時半のビリヤード』〔独〕●グラス『ブリキの太鼓』、『猫と鼠』（～六一）〔独〕●クルレジャ『アレタエウス』〔クロアチア〕●ヴィリ・セーアンセン『詩人と悪魔』〔デンマーク〕●ムーベリ『スウェーデンへの最後の手紙』〔スウェーデン〕●リンナ『ここ北極星の下で』（～六二）〔フィンランド〕●グスマン『マリアス諸島——小説とドラマ』、『アカデミア』〔メキシコ〕●コルタサル『秘密の武器』〔アルゼンチン〕●安岡章太郎『海辺の光景』〔日〕

## 一九六一年［六十歳］

『禁酒レストラン Sans alcool』出版（ラ・バコニエール社）。

▼ベルリンの壁建設［欧］▼ガガーリンが乗った人間衛星ヴォストーク第一号打ち上げ成功［露］●フリッシュ『アンドラ』、『我が名はガンテンバイン』（〜六四）［スイス］●スタロバンスキー『活きた眼』（〜七〇）［スイス］●バロウズ『ソフト・マシーン』［米］●ギンズバーグ『カディッシュ』［米］●ハインライン『異星の客』［米］●ヘラー『キャッチ＝22』［米］●マッカラーズ『針のない時計』［米］●カーソン『沈黙の春』［米］●ヘミングウェイ自殺［米］●ナイポール『ビスワス氏の家』［英］●G・スタイナー『悲劇の死』［英］●ラウリー『天なる主よ、聞きたまえ』［英］●プーレ『円環の変貌』［白］●「カイエ・ド・レルヌ」誌創刊［仏］●「コミュニカシオン」誌創刊［仏］●ビュトール『驚異の物語――ボードレールのある夢をめぐるエッセイ』［仏］●ロブ＝グリエ『去年マリーエンバートで』［仏］●ボヌフォア『ランボー』［仏］●ジュネ『屏風』［仏］●フーコー『狂気の歴史』［仏］●バシュラール『蠟燭の焰』［仏］●リシャール『マラルメの想像的宇宙』［仏］●パオロ・ヴィタ＝フィンツィ『偽書撰』［伊］●アウブ『バルベルデ通り』［西］●シュピッツァー『フランス抒情詩史の解釈』［墺］●バッハマン『三十歳』［墺］●ヨーンゾン『三冊目のアヒム伝』［独］●レム『ソラリス』［ポーランド］●アンドリッチ、ノーベル文学賞受賞［セルビア］●クルレジャ『旗』（〜六七）［クロアチア］●アクショーノフ『星の切符』［露］●ベケット『事の次第』［愛］●アマード『老練なる船乗りたち』［ブラジル］●ガルシア＝マルケス『大佐に手紙は来ない』［コロンビア］●オネッティ『造船所』［ウルグアイ］●吉本隆明『言語にとって美とは何か』［日］

一九六六年〔六十五歳〕

**『残された日々を指折り数えよ** *Comptez vos jours...*』出版（ジョゼ・コルティ社）。

自伝的色彩の濃い本作品の出版を躊躇していたリヴァの背中を押したのはマルセル・レイモンをはじめとする友人たちであった。

▼ミサイルによる核実験に成功。第三次五か年計画発足〔中〕●キャザー『芸術の王国』〔米〕●ピンチョン『競売ナンバー49の叫び』〔米〕●F・イェイツ『記憶術』〔英〕●バラード『結晶世界』〔英〕●フーコー『言葉と物』〔仏〕●バルト『物語の構造分析序説』〔仏〕●ジュネット『フィギュールⅠ』〔仏〕●**ルヴェルディ『流砂』**〔仏〕●ラカン『エクリ』〔仏〕●N・ザックス、ノーベル文学賞受賞〔独〕●レサーマ゠リマ『パラディソ』〔キューバ〕●パス『交流』〔メキシコ〕●A・ヤニェス『横顔』〔メキシコ〕●F・D・パソ『ホセ・トリゴ』〔メキシコ〕●バルガス゠リョサ『緑の家』〔ペルー〕●コルタサル『すべての火は火』〔アルゼンチン〕●アグノン、ノーベル文学賞受賞〔イスラエル〕●白楽晴、廉武雄ら季刊誌「創作と批評」を創刊（〜八〇、八八〜）〔韓〕

一九六七年〔六十六歳〕

『引き潮 *Le Creux de la vague*』出版（レール社／ランコントル社）。

同作品でジュネーヴ作家協会賞、ヴォー州作家協会賞受賞。

▼EC発足〔欧〕●メルカントン『シビュラ（巫女）』〔スイス〕●G・ルー『レクイエム』〔スイス〕●ブローティガン『アメリカの鱒釣り』〔米〕

●マラマッド『修理屋』〔米〕●スタイロン『ナット・ターナーの告白』〔米〕●G・スタイナー『言語と沈黙』〔英〕●マルロー『反回想録』〔仏〕●ビュトール『仔猿のような芸術家の肖像』〔仏〕●シモン『歴史』（メディシス賞受賞）〔仏〕●サロート『沈黙』、『嘘』〔仏〕●ペレック『眠る男』〔仏〕●リカルドゥ『ヌーヴォー・ロマンの諸問題』〔仏〕●トドロフ『小説の記号学』〔仏〕●バルト『モードの体系』〔仏〕●リシャール『シャトーブリアンの風景』〔仏〕●デリダ『エクリチュールと差異』、『グラマトロジーについて』〔仏〕●バッケッリ『アフロディテ・愛の小説』〔伊〕●カルヴィーノ『ゼロ時間』〔伊〕●ヴィットリーニ『二つの緊張』〔伊〕●ツェラーン『息の転換』〔独〕●クンデラ『冗談』〔チェコ〕●ライノフ『無名氏』〔ブルガリア〕●ハイトフ『あらくれ物語』〔ブルガリア〕●カルチェフ『ソフィア物語』〔ブルガリア〕●ラディチコフ『山羊のひげ』〔ブルガリア〕●ブルガーゴフ『巨匠とマルガリータ』〔露〕●パス『白』、『クロード・レヴィ＝ストロース、もしくはアイソポスの新たなる饗宴』〔メキシコ〕●フエンテス『聖域』、『脱皮』〔メキシコ〕●パチェーコ『君は遠く死ぬ』〔メキシコ〕●カブレラ＝インファンテ『三頭の淋しい虎たち』〔キューバ〕●サルドゥイ『歌手たちはどこから』〔キューバ〕●アストゥリアス、ノーベル文学賞受賞〔グァテマラ〕●ガルシア＝マルケス『百年の孤独』〔コロンビア〕●バルガス＝リョサ『小犬たち』〔ペルー〕●ネルーダ『船歌』〔チリ〕●ボルヘス『他者と自身』〔アルゼンチン〕●大佛次郎『天皇の世紀』〔日〕●大岡昇平『レイテ戦記』（～六九）〔日〕

## 一九六八年［六十七歳］

『朝のＡＢＣ *L'Alphabet du matin*』出版（レール社／ランコントル社）。

▼キング牧師、暗殺される〔米〕▼ニクソン、大統領選勝利〔米〕▼五月革命〔仏〕▼プラハの春、チェコ知識人らの「二千語宣言」〔チェコ・スロヴァキア〕●Ａ・コーエン『主の伴侶』（フランスアカデミー小説大賞受賞）〔スイス〕●ジャコテ『ミューズたちの語らい』〔スイス〕●バー

ス『びっくりハウスの迷子』〔米〕●クーヴァー『ユニヴァーサル野球協会』〔米〕●アプダイク『カップルズ』〔米〕●オールディス『世界Aの報告書』〔英〕●ギュー『対決』〔仏〕●**ビュトール『レペルトワール III』**〔仏〕●ユルスナール『黒の過程』(フェミナ賞受賞)〔仏〕●サロート『生と死のあいだ』〔仏〕●モディアノ『エトワール広場』〔仏〕●プーレ『瞬間の測定』〔仏〕●**アウブ『アーモンドの野』**〔西〕●モランテ『少年らに救済される世界』〔伊〕●ツェラーン『糸の太陽たち』〔独〕●C・ヴォルフ『クリスタ・Tの追想』〔独〕●S・レンツ『国語の時間』〔独〕●ディガット『カーニバル』〔ポーランド〕●エリアーデ『ムントゥリャサ通りで』〔ルーマニア〕●カネッティ『マラケシュの声』〔ブルガリア〕●ディトレウセン『顔』〔デンマーク〕●ジョイス『ジアコモ・ジョイス』〔愛〕●ソルジェニーツィン『鹿とラーゲリの女』、『煉獄のなかで』、『ガン病棟』〔露〕●ベローフ『大工物語』〔露〕●パス『可視的円盤』、『マルセル・デュシャン、もしくは純粋の城』〔メキシコ〕●A・ヤニェス『偽の夢』〔メキシコ〕●エリソンド『地下礼拝堂』〔メキシコ〕●コルタサル『62、組み立てモデル』〔アルゼンチン〕●プイグ『リタ・ヘイワースの背信』〔アルゼンチン〕●川端康成、ノーベル文学賞受賞〔日〕

## 一九七三年〔七十二歳〕

『記憶と忘却について *De Mémoire et d'Oubli*』出版(レール社/ランコントル社)。

▼第四次中東戦争〔中東〕●シェセ『人食い鬼』〔スイス〕●スタロバンスキー『一七八九年、理性の標章』〔スイス〕●ピンチョン『重力の虹』〔米〕●ロス『偉大なるアメリカ小説』〔米〕●ブルーム『影響の不安』〔米〕●コナリー『夕暮の柱廊』〔英〕●バラード『クラッシュ』〔英〕●オールディス『十億年の宴』〔英〕●ビュトール『合い間』〔仏〕●デュラス『インディア・ソング』〔仏〕●シモン『三枚つづきの絵』〔仏〕●ペレック『薄暗い店』〔仏〕●フーコー『これはパイプではない』〔仏〕●バルト『サド、フーリエ、ロヨラ』、『テクストの快楽』〔仏〕●カル

ヴィーノ『宿命の交わる城』〔伊〕●ローレンツ『鏡の背面』〔墺〕●エンデ『モモ』、『はてしない物語』（～七九）〔独〕●ヒルデスハイマー『マザンテ』〔独〕●シオラン『生誕の災厄』〔ルーマニア〕●カネッティ『人間の地方』〔ブルガリア〕●マクシモヴィッチ『もう時間がないのです』〔セルビア〕●ソルジェニーツィン『収容所群島』（～七六）〔露〕●パス『翻訳と愉楽』〔メキシコ〕●ドノーソ『ブルジョワ小説三編』〔チリ〕●バルガス＝リョサ『パンタレオンと慰安婦たち』〔ペルー〕●コルタサル『マヌエルの教科書』〔アルゼンチン〕●プイグ『ブエノスアイレス事件』〔アルゼンチン〕●ホワイト『台風の目』、ノーベル文学賞受賞〔オーストラリア〕●小松左京『日本沈没』〔日〕

## 一九七五年〔七十四歳〕

ジュネーヴ市賞（四年に一度の文学賞）受賞。

▼ヴェトナム戦争終結〔米・ヴェトナム〕●ブーヴィエ『日本年代記』〔スイス〕●フリッシュ『モントーク』〔スイス〕●ギャディス『JR』〔米〕●バーセルミ『死んだ父親』〔米〕●J・M・ケイン『虹の果て』〔米〕●アシュベリー『凸面鏡の自画像』〔米〕●ブルーム『誤読の地図』、『カバラと批評』〔米〕●カプラ『タオ自然学』〔米〕●G・スタイナー『バベル以後』〔英〕●コナリー『ロマン的友情』〔英〕●ビュトール『夢の素材』（第一巻）〔仏〕●ペレック『Wあるいは子供の頃の思い出』〔仏〕●ガリ『これからの人生』〔仏〕●フーコー『監視と処罰――監獄の誕生』〔仏〕●モンターレ、ノーベル文学賞受賞〔伊〕●P・レーヴィ『周期律』〔伊〕●バッケッリ『進化はロケット』〔伊〕●エーコ『一般記号論』〔伊〕●パゾリーニ『海賊評論集』〔伊〕●ヴァイス『抵抗の美学』（～八一）〔伊〕●カネッティ『言葉の良心』〔ブルガリア〕●ヒーニー『北』〔愛〕●パス『眠ることなく』〔メキシコ〕●フエンテス『テラ・ノストラ』〔メキシコ〕●ガルシア＝マルケス『族長の秋』〔コロンビア〕●ボルヘス『永遠の薔薇』、『砂の本』〔アルゼンチン〕●檀一雄『火宅の人』〔日〕

一九七九年［七十八歳］

『汝の糧を与えよ *Jette ton pain*』出版（ベルティィル・ガラン社／ガリマール社）。

同作品で、第一回スイス・カナダ賞受賞（一九八〇年）。

▼スリーマイル島原子力発電所事故［米］▼イラン革命、第二次オイルショック▼ソ連、アフガン侵攻●コリナ・ビル『ふたつのパッション』［スイス］●スタイロン『ソフィーの選択』［米］●D・R・ホフスタッター『ゲーデル・エッッシャー・バッハ——あるいは不思議の環』［米］●G・ベイトソン『精神と自然』［米］●リドリー・スコット『エイリアン』［米］●フランシス・コッポラ『地獄の黙示録』［米］●ビリー・ジョエル《マイ・ライフ》［米］●プリゴジーヌ、スタンジェール『渾沌から秩序へ』［白］●J＝F・リオタール『ポストモダンの条件』［仏］●アルド・ロッシ『世界劇場』（ヴェネツィア・ヴィエンナーレ）［伊］●オデッセアス・エリティス、ノーベル文学賞受賞［希］●エンデ『はてしない物語』［独］●村上春樹『風の歌を聴け』［日］●大江健三郎『同時代ゲーム』［日］●YMO《ソリッド・ステイト・サバイバー》［日］

一九八〇年［七十九歳］

『私のものではないこの名前 *Ce nom qui n'est pas le mien*』出版（ベルティィル・ガラン社）。

ラミュ大賞（五年に一度のフランス語圏スイス最高の文学賞）受賞。

▼イラン・イラク戦争勃発（〜八八）［中東］▼光州事件［韓］●ジーン・ウルフ『拷問者の影』［米］●クイーン《ザ・ゲーム》［英］

●ロラン・バルト、交通事故で死亡〔仏〕●ユルスナール、女性初のアカデミー・フランセーズ会員に〔仏〕●ドゥルーズ＝ガタリ『ミル・プラトー』〔仏〕●エーコ『薔薇の名前』〔伊〕●チェスワフ・ミウォシュ、ノーベル文学賞受賞〔ポーランド〕●クッツェー『夷狄を待ちながら』〔南アフリカ〕●田中康夫『なんとなく、クリスタル』〔日〕●村上龍『コインロッカー・ベイビーズ』〔日〕●矢玉四郎『はれときどきぶた』〔日〕●鈴木清順『ツィゴイネルワイゼン』〔日〕

## 一九八二年〔八十一歳〕

ローザンヌの文芸誌「エクリチュール」が「アリス・リヴァ特集号」を発刊、リヴァの「手帳——一九七八年のページから」、ジャン・ルーセとピエール・ジラールからの書簡、マルセル・レイモンとジャン＝ジョルジュ・ロシエとマリアンヌ・ギレリの論稿を掲載。

▼フォークランド紛争〔英・アルゼンチン〕●スピルバーグ『E.T.』〔米〕●リドリー・スコット『ブレードランナー』〔米〕●ローリー・アンダーソン《ビッグ・サイエンス》〔米〕●アリス・ウォーカー『カラーパープル』〔米〕●ジョン・ウェイン『若者たち』〔英〕●アントニオーニ『ある女の存在証明』〔伊〕●イリイチ『ジェンダー』〔墺〕●アンジェイエフスキ『どろどろ』〔ポーランド〕●ガルシア＝マルケス、ノーベル文学賞受賞〔コロンビア〕●高橋源一郎『さようなら、ギャングたち』〔日〕●村上春樹『羊をめぐる冒険』〔日〕●井上ひさし『吉里吉里人』〔日〕●大友克洋、「週刊ヤングマガジン」に『AKIRA』連載開始（〜九三）〔日〕

一九八三年〔八十二歳〕

『人生の痕跡 *Traces de vie*』出版（ベルティル・ガラン社）。この出版を受けて企画されたRTS（スイス公共放送のフランス語放送）のインタビュー番組に出演（五月二十九日）。インタビュアーは『世界の使い方』や『日本年代記』の著者ニコラ・ブーヴィエ。

▼グレナダ侵攻〔米〕▼大韓航空機撃墜事件〔露・韓〕●ゴールディング、ノーベル文学賞受賞〔英〕●アクロイド『オスカー・ワイルドの遺言』〔英〕●R・アロン『回想録』〔仏〕●ドゥルーズ『イマージュ－運動』〔仏〕●サルトル『奇妙な戦争』、『ボーヴォワールへの手紙、女たちへの手紙』〔仏〕●**サロート『子供時代』**〔仏〕●ソレルス『女たち』、「アンフィニ」誌創刊〔仏〕●カルヴィーノ『パロマー』〔伊〕●C・ヴォルフ『カッサンドラ』〔独〕●島田雅彦『優しいサヨクのための嬉遊曲』〔日〕

一九八六年〔八十五歳〕

『ジャン＝ジョルジュ・ロシエ――詩情と内面生活 *Jean-Georges Lossier, Poésie et vie intérieure*』を出版（フリブール大学出版会クリスタル叢書）。クリスタル叢書は作家が作家を紹介するシリーズ。ロシエはジュネーヴ出身の詩人でリヴァの友人であった。ちなみにこのシリーズの第一巻は『マルク王の子供たち』の著者ロジェ＝ルイ・ジュノによる『アリス・リヴァ』（一九八〇年出版）である。

▼チェルノブイリ原子力発電所事故〔露〕●キャシー・アッカー『ドン・キホーテ』〔米〕●B・E・エリス『レズ・ザン・ゼロ』

［米］●D・リンチ『ブルーベルベット』［米］●オールディス『一兆年の宴』［英］●モディアノ『八月の日曜日』［仏］●ロメール『緑の光線』［仏］●カラックス『汚れた血』［仏］●ケレンドンク『神秘の身体』［蘭］●ツェンダー《シュテファン・クリマクス》［独］●ベルンハルト『消去』［独］●アンゲロプロス『蜂の旅人』［希］●カルチェフ『平和な時』［ブルガリア］●アイトマーノフ『処刑台』［キルギス］●エドワード・ヤン『恐怖分子』［台湾］●赤瀬川源平ら路上観察学会を結成［日］

## 一九九六年［九十五歳］

ジュネーヴ感謝メダル（スイスは勲章制度はないが、他国の勲章にあたる）受章。

文芸誌「エクリチュール」が「アリス・リヴァ特集号」を発刊、スイス内外のリヴァの専門家やアンヌ＝リズ・グロベッティ、アメリ・プリュムを始めとする作家の論稿を掲載。

▼ニューデリー空中衝突事故［印］●R・フランシヨン監修『スイス・ロマンド文学史』（〜九九）［スイス］●モンターレ『没後の日記』［伊］●ジンフェレル『ある作家の道程』［西］●ガラ『自分の手で』［西］●マルティン＝ガイテ『凧の糸』［西］●B・シュトラウス『イタカ』［独］●C・ヴォルフ『メディア』［独］●シンボルスカ、ノーベル文学賞受賞［ポーランド］●ペレーヴィン『チャパーエフと空虚』［露］●ガルシア＝マルケス『ある誘拐のニュース』［コロンビア］●柳美里『家族シネマ』［日］

## 一九九八年［九十六歳］

二月、ジュネーヴで死去。

ジュネーヴの国家的功労者の霊廟「王の墓地」に埋葬される。

▼ベルファスト合意〔英・愛〕●アーヴィング『未亡人の一年』〔米〕●カニンガム『めぐりあう時間たち』（ピュリッツァー賞受賞）〔米〕●T・ウルフ『成りあがり者』〔米〕●S・キング『骨の袋』〔米〕●P・コーンウェル『業火』〔米〕●J・バーンズ『イングランド・イングランド』〔英〕●マキューアン『アムステルダム』（ブッカー賞受賞）〔英〕●ウェルベック『素粒子』〔仏〕●ジョゼ・サラマーゴ、ノーベル文学賞受賞〔ポルトガル〕●パウロ・コエーリョ『ベロニカは死ぬことにした』〔ブラジル〕●ボラーニョ『野生の探偵たち』〔チリ〕

## 二〇〇一年

スイスで生誕百年を記念して一連の記念行事が行なわれる。記念切手の発行、ローザンヌ大学での国際会議などである。なお、この国際会議での発表は、翌年、「アリス・リヴァを巡って」《Autour d'Alice Rivaz》と題して学術雑誌 *Études de Lettres* の特別号としてローザンヌ大学から出版される。

文芸誌「エクリチュール」は「アリス・リヴァ特集号」を発刊、リヴァが一九三六年「ヴァンドルディ」に書いたギルド・デュ・リーヴルの紹介記事とジャーナリストとして、一九四〇年代に発表した新聞記事の一部を再録、加えてポール・アレクサンドルへ送ったリヴァの全書簡とフランソワーズ・フォルヌロの論稿を掲載。

フランソワーズ・フォルヌロが『アリス・リヴァ／ジャン＝クロード・フォンタネ　往復書簡集　砂漠に井戸を掘る *Creuser des puits dans le désert, Lettres à Jean-Claude Fontanet*』（ゾエ社）を刊行。

またこの年、ドイツ語による全作品の翻訳が完結する。

▼一月、ブッシュ政権発足。二月、米・英軍、イラクを空爆。九月十一日、ニューヨーク、ワシントンにて同時多発テロが勃発。十月、タリバン支配地域のアフガニスタンに空爆を開始〔米〕▼小泉政権発足〔日〕●デリーロ『ボディ・アーティスト』〔米〕●C・コロンバス『ハリー・ポッターと賢者の石』〔米〕●リンチ『マルホランド・ドライブ』〔米〕●マキューアン『贖罪』〔英〕●J＝P・ジュネ『アメリ』〔仏〕●ゼーバルト『アウステルリッツ』〔独〕●宮部みゆき『模倣犯』〔日〕●古川日出男『アラビアの夜の種族』〔日〕●宮崎駿『千と千尋の神隠し』〔日〕

# 訳者解題

## アリス・リヴァの生涯

本書はアリス・リヴァ『みつばちの平和』と『残された日々を指折り数えよ』の全訳である（Alice Rivaz, *La Paix des ruches* suivi de *Comptez vos jours*, Lausanne, L'Age d'Homme, coll. «Poche suisse», 1984）。

アリス・リヴァ（Alice Rivaz 一九〇一－九八）は、フランス語圏スイスのヴォー州出身で、父は社会党の党首ポール・ゴレイ Paul Golayであった。ローザンヌ音楽院でピアノを習得後、ジュネーヴのＩＬＯ（国際労働機関）にタイピスト（のちに文書係）として就職する。大戦中はジャーナリズムの仕事に従事したが、戦後は復職し、一九五九年に退職した。

アリス・リヴァの作家としての活躍時期は、二期に分かれる。最初の作品『雲をつかむ *Nuages dans la main*』を発表した一九四〇年から、『みつばちの平和』を発表した一九四七年までが第一期である。戦後、ＩＬＯに復職すると、仕事を家に持ち帰るほどの激務となり、さらに一九五一年からは次第に老いる母との同居も始まり、物理的に執筆することが不可能になった。作家の表現を借りるならば、「アリス・リヴァがアリス・ゴレイに沈黙を強いられた時代」である。

一九五九年、ＩＬＯを早期退職すると、文学活動を再開する。アリス・リヴァの第二期である。復帰後発表された『禁酒レストラン *Sans alcool*』（一九六一）は戦時中、女性誌や週刊紙（誌）に発表した短編小説を一冊にまとめたものであるから、第二期最初の書下ろしの作品は、『残された日々を指折り数えよ』（一九六六）ということになる。

アリス・リヴァは、長年勤めたＩＬＯでの体験を元に、オフィスで働く女性を主人公に置き、新しい「女性の文体」を追求した作家である。その独創性は、時代に先んじたフェミニズムに留まらず、プロテスタント社会への痛烈な批判など、最も根源的なタブーを、ユーモアを武器にして、打ち破るところにあった。

フランス語圏スイス最高の文学賞であるラミュ大賞（一九八〇）をはじめ、シラー賞、スイス・カナダ賞、ジュネーヴ感謝メダルなどに輝く二十世紀ロマンド文学を代表する作家である。

なお二〇〇一年にはスイスで生誕百年を記念する式典が催された。ローザンヌ大学での国際会議、記念切手の発行などの一連の記念行事である。またこの年、ドイツ語による全作品の翻訳が完結した。

## アリス・リヴァの作品群

一九三六年、ローザンヌでアルベール・メルム（Albert Mermoud 一九〇五－九七）が出版社とブッククラブとを兼ねたギルド・デュ・リーヴル社 Guilde du Livre を設立すると、フランス語では世界初となるブッククラブの設立趣旨に賛同したアリスは直ちに会員になった。一方、アリスが送った熱狂的な手紙に感激したメルムは、フランスの左派系の週刊紙「ヴァンドルディ *Vendredi*」に掲載するギルド・デュ・リーヴルの紹介記事をアリスに依頼した。本名で書かれたこの記事が、執筆家としての第一歩となる。

一九四〇年、C・F・ラミュ（C. F. Ramuz 一八七八－一九四七）の推薦でギルド・デュ・リーヴル社から最初の作品『雲をつかむ』を発表した。このとき、初めてアリス・リヴァの筆名を使う。なお、リヴァは、レマン湖北岸のローザンヌからモントルー郊外のション城にかけて、その丘陵地帯に葡萄畑が広がる「ラヴォー地区」の中心にある小さな村に因む。

小学校教諭から政治に転向した父の影響を強く受け、リヴァは「十三歳で政治的立場を決めた」という。『雲をつかむ』の中で、ヒトラーを「聖書に予言されている黒い〈預言者〉」«le Prophète noir annoncé par les Ecritures»とリヴァは表現した。この部分は、一九四三年にフランスで再版する際に、ドイツの検閲を考慮したジュリアール社 Julliard の要請により削除された。

『引き潮 *Le Creux de la vague*』（一九六七）はＩＬＯに復職する前に発表した『砂のように *Comme le*

*Sable*』（一九四六）の続編であるが、作品の時代背景を一九三三年とし、ファシズムと反ユダヤ主義の台頭と闘う市井の人を中心に据えて、同性愛や、未婚の母への憧れといったテーマを交えながら歴史によって揺れる個個人の生を描く。その中のひとり、初老の女性は「正義と平和のための婦人団体」の活動を熱心に行なっている。オフィシャルな歴史には残らないこうした草の根的活動がこの時期、すでにジュネーヴに存在していたことを伝える貴重な証言としての興味も提供してくれる。『朝のＡＢＣ *L'Alphabet du matin*』（一九六八）は、クラランでの子供時代のレシ（語り手が直接自分の身の上に起こった出来事を物語る体裁を取り、小説と区別される）である。子供の言葉への目覚めという主題とともに、子供の目を通して、「慣習や偏見に首までどっぷり浸かった大人の世界[★01]」や、「ヴォー州での社会主義の困難な船出[★02]」を描く。晩年の大作、『汝の糧を与えよ *Jette ton pain*』（一九七九）では、作家にとって最後のタブーであった母の老いと向き合った。

デビュー作の『雲をつかむ』から、「文学的遺言」と言われる『汝の糧を与えよ』にいたるまで、権力を持たない者たちの側に身を置き、タブーをものともせず正義を追求する姿勢、また男性の作家とは異なる女性の文体の創製を目指す姿勢は一貫していた。

★01——Roger Francillon, *De Rousseau à Starobinski, Littérature et identité suisse*, Lausanne, Presses polytechniques et universitaires romandes, coll.« Le savoir suisse », 2011, pp.101-102.

★02——Françoise Fornerod, *Le Temps d'Alice Rivaz*, Carouge-Genève, Éditions Zoé, 2002, p.70.

## 『みつばちの平和』と五つの魅力

「夫のことを私はもう愛していないと思う」という衝撃的な言葉で始まるこの小説は、三部からなる小説だが、フランスでも出版され、リヴァの代表作となった。スペイン内戦を時代背景として、タイピストのパートをする四十近い主婦の日記という体裁を取る。自分の主義主張がありながらも、なかなかに強引な夫のペースにあっけなく巻き込まれてしまう気の弱い妻、ジャンヌ。この主人公の視点から、いまだ選挙権をもたず、本を書くにもペンネームを用いざるを得なかった時代に生きた女性たちの恋愛と結婚が、友人のプチ家出や同僚の自殺などの事件を通して描かれる。

### ◉1　説明的描写の排除と「正確に響く調子」

アリス・リヴァの文体の特徴のひとつに、説明的描写の排除ということがあげられる。第一部では、当時、働く女性の最先端の仕事であったタイピストのきびきびした仕事ぶり、個性豊かな同僚たちの魅力的なポートレート、スイスの長い厳しい冬が終わり、春が訪れたときの華やいだオフィスの雰囲気が、活写されていく。続いて、無神論者だと公言しながらも、牧師と結婚した古くからの友人との形而上に終始する重く息苦しい会話を挟んで、名うてのプレーボーイによるベルモット酒を前にしての調子はずれの口説きの場面が、からかうようなユーモアを交えて再現される。

そして第二部では、仕事で長期留守にしていた夫の帰宅で、ジャンヌの平穏な日々が壊されたことが、日記の中断で示される。引用はジャンヌが日記を書いているのを知った夫の叫びである。登場人物のたったひと言のせりふで、どれだけ多くを語らせることができるかという好例である。

-Ainsi Ma-da-mé-crit-son-journal...

[訳] つまり、奥様は、日記を、書いて、いらっしゃる……

夫のこの第一声は、一音一音区切って、話し言葉をそのまま書き写した表記法が使われている。夫の驚き、軽蔑、苛立ちがはっきり現われ、効果的である。問い詰められ口ごもるジャンヌと絶叫する夫の間には、もはやコミュニケーションが成立不可能であること、さらに、ふたりの間には、明白な力関係が存在し、ジャンヌは無神経で高慢な夫に押し潰されそうになっていることが示される。ところで、話し言葉をそのまま表記するこの手法は、続く世代のアメリ・プリュム（Amélie Plume 一九四三－）がさらに発展させ、充実させて、ユーモアあふれる、歯切れのいい、リズム感のある多くの作品を発表している。

さて第三部では、ジャンヌが、過去の恋愛に戻ることも、芽生え始めたと思っていた愛（恋愛、あるいは友愛かもしれないもの）を実らせることも不可能だと自覚した矢先に、同僚のシルヴィアが、恋人の裏切りに絶望して自殺する。作品の冒頭は、軽妙なタッチで、単純明瞭に、畳みかけるような確信にみちた調子で書かれていたが、作品の結びでは、それとは打って変わって、対照的に、うねるようなリズムになっている。同じ言葉の繰り返しが、波のようなリズムを作り、その反復するリズムが、定まらず捉えどころのないジャンヌの気持ちの不安定さを強く感じさせる。ひとつの小説で、文体のヴァリエーションの妙を大いに楽しませてくれる。リヴァはとりわけ、書く内容と文体とを完全に一致させるということを重視した。これは、若手の作家にアドヴァイスを求められた場合にも、また他の作家の作品について述べる場合にも、リヴァの口から、たびたび繰り返された指摘である。そしてこれはリヴァに限らず、スイス・ロマンドの作家が共通して枢要としていたところでもある。これを彼らは、「正確に響く調子 le ton qui sonne juste」と呼ぶ。

### ◉2 ユーモア

批評におけるジュネーヴ学派の泰斗、マルセル・レイモン（Marcel Raymond 一八九七–一九八一）はラージュ・ドム版 L'Age d'Hommeの序文で、ジャンヌの急所を突く、鋭い、簡潔な表現を、風を切って飛んでくる「矢」に例え、この小説の風刺画的な面白みを、読者に印象付けている。

ジャンヌ・ボルナン夫人は、はしこい目と辛辣な物言いとを兼ね備え、正確に狙いを定める。どんな男が、特にスイス・ロマンドでは自惚れた男性に事欠かないのであるから、彼女の矢のシューシューいう音を、程度の差こそあれ、近くで耳にすることはなかったと自慢できるだろうか。

リヴァがとりわけ糾弾するのは、男たちを陶酔させる英雄願望とその影に隠れた暴力である。暴君と殉教者という意表をつくアイディアの組み合わせの妙がリヴァのユーモアの特徴でもある。殉教者から聖性を剝奪し、単純化して、暴君と殉教者を同列に扱う。極端な表現をすることにより、対象の特徴を際立たせ、こっけいさを加える。

男が地上の権力を行使しようとするときには、アッチラ、ネロ、ヒトラー、ナポレオンになるし、別の方面で権力を行使しようとすれば、悲嘆に暮れたイヴやマリアのような女たちの前で、十字架に釘づけにされたり、舌を抜かれたり、わき腹を槍で突かれたりする。彼女たちは、まず嘆き悲しんでから、せっせと飛び散った手足を拾い集め、死体を寄せ集めて数え、血で汚れた広場を掃除するのである。（本書九頁）

一方、女性はと言えば、見せしめのために広場で行なわれる拷問や処刑を目撃して、嘆き悲しみはするものの、そのあとすぐ気を取り直して、せっせと広場を掃除する。この女性の姿も女性の現実的性向を鋭く捉えていて、ユーモラスである。こうしたカリカチュアのやり方は、パンフレットの性格をかなり意識的に活用していると言えよう。

### ◉3　フェミニズム

アリス・リヴァのフェミニズムはフランスやアメリカのフェミニズムとは一線を画し、女性の特性を最大限に生かし、従来男性が関心を示してこなかった分野で、ことを成し遂げようとするものである。創作に際しても男性の作家とは異なる独自の文体を追求する。「家事はデスク・ワークよりも活気があって、変化に富んでいる」という文で始まる光が差し込む台所での皿洗いの楽しさを語った箇所は、ラミュから「台所に立つ女性をこれほど鮮やかに描けた作家を私は他に知らない」と絶賛された。

アリス・リヴァの時代に先んじたフェミニズムは、家父長制の象徴としてのキリスト教をも転換する。ジャンヌは、全人類とともに苦しみに耐えるイエスよりも、庇護し慰めを与える聖母マリアにより強く惹かれる。しかし彼女はプロテスタントの信仰と聖母への憧れを両立させることができず、聖母への憧れと決別すべきではないかと思い悩む。この作品の背景となったスペイン内戦から第二次世界大戦にかけての未曾有の試練は、多くの人々の魂を暴力によって傷つけた。ジャンヌをとおしてアリス・リヴァは聖母への憧憬を垣間見せるのである。

同時代のスイス・ロマンド文学のこの他の作品にも、聖母に救済を願う祈りが認められる。しかし、アリス・リヴァの作品とは異なり、聖母に直接言及することはない。たとえば、エドモン＝アンリ・クリジネル（Edmond-Henri Crisinel 一八九七－一九四八）は三つの特性、すなわち霊性を備えた天使という特性、ギリシア神話の復讐の女神という女性の肉体をもつ特性、傍らで本復までを見守り続ける聖母の特性、を持つアレクトンヌという人物を新たに作り出した。ジャック・メルカントン（Jacques Mercanton 一九一〇－九六）はその生成過程が同時代に遡る『眠れる七聖人の夏 *L'Eté des Sept-Dormants*』（一九七四）の中で、主人公マリアに、作者が支配欲と近い距離にあるとした母性愛とは異なる、傍らにいて苦しみをともに耐えるピエタの聖母の愛を具現化させた。プロテスタント社会における聖母という宗教上の問題とそれとの葛藤に異なる三筋の希望を彼らは得るのである。その共通点は十字架の傍らにたたずむ聖母の形象にあった。

### ◉4　ジャンヌの眼差しとクララの眼差し

ジャンヌを取り巻く個性豊かな人物たちの中で、特に彼女の心を引き付けるのは、同僚のクララの眼差しである。

洞察力が鋭く、決して誤ることがなく、批判したり、羨望や非難の種を探すためではなく、裁くためではなくて、理解しようと、説明しようとするために、それでもそこにある眼差し。〔…〕

他の人たちの生活を本当に利害を離れた友情から見つめられるクララの眼差しに気づいている人がいるだろうか。（本書四二頁）

クララの父は、かつて「バターの料理はうんざりだ……」と言い、妻と小さな娘を残して家を出て行った。家長の責任に耐えられなかった父のことが、今ならば理解できるとクララは言う。彼女の眼差しこそ、まさに著者、アリス・リヴァがすべての登場人物たちに向ける眼差しである。

他方、ジャンヌの目は、本人も自認しているように、「まったく客観性を欠く目で」、対象を「気分や失望のままに」、「美化したり、飾ったり、あるいは汚したり」する。そんな刺すような視線の餌食になった夫を、ジャンヌは「スケープゴート」になぞらえ、「そうである以上スケープゴートと我々がスケープゴートに負わせるものとをどうやって分けたらいいのだろう。スケープゴートは自分の積み荷、つまり我々が彼の背に載せるその積み荷と見分けがつかない。私の夫もまたしかり」と言い放つ。

ところで、ジャンヌは主語にこの「我々」«nous»をたびたび使う。そこには、自分のためだけではなく、「姉妹の名」において、女性全体のことを語っているのだというジャンヌの自負のようなものが伺える。しかし、いざ他の女性の前で所信を開陳すると、賛同を得られるどころか、一笑に付されてしまう。一度目は、男と女の間の「深淵」の話を、産院に見舞った若い女性にしたときのことである。「深淵ですって！　なんて大げさな言葉。ボルナンさん、あなたはずいぶんナイーブだと思いますよ、それに恩知らずでさえありますよ……」と笑われる。二度目はオフィスで、同僚たちに、「戦争の勃発と継続のほぼ全面的な責任は男にあると思う」と言ったときのことである。しかしこれもまた即座に「女は男よりもひどい」と反論され、みんなに笑われてしまう。ジャンヌの無念は察するに余りあるが、勇み足の感は否めないのかもしれない。ボーヴォワールの『第二の性 *Le Deuxième Sexe*』が出るのはこの作品が発表された二年後のことである。世の中の動きを正確に読み取る著者の冷静な目が、ジャンヌの、時代に先んじたフェミニズムを周囲から浮いて見せざるを得なかったのであろう。

## ◉5　みつばちの平和

ジャンヌの無念に、カッサンドラの姿が重なる。このギリシア神話の女性はトロイの破滅を早くから予知しながらも、予言を誰からも信じてもらえず、結局それを食い止めることができなかった。戦争が近づいていることを感じていても、それを阻止する手立ての見つからない焦慮がジャンヌを「みつばちの平和」、つまり「紛争の種をまく」雄バチを巣から追い出して平和を守るという極論に走らせたわけだが、この彼女の焦燥感や怒りや強い不安に共感を覚える読者も少なからずいるのではないだろうか。とりわけ、第一次世界大戦中、それぞれが言語と文化を共有する隣国に一体感を持ったために、ドイツ語圏とフランス語圏の間に「レシュティの障壁[★03]」に例えられる溝が生じ、中立が脅かされ、国が空中分解する危機を経験したことのあるスイスに在ってはなおさらである。

## 『残された日々を指折り数えよ』と五つの指標

『残された日々を指折り数えよ』は、十一章からなる散文である。一人称の語り手によって、老いを自覚し始めたスイス人女性の心のひだが描かれる。著者自身は『人生の痕跡 *Traces de vie*』(一九八三)の中で、この作品を、「フィクション的な性格を持つ私の他のレシや中(短)編小説とは大きく異なり」、「自分の人生を突き詰めたときに残るなにがしかのものを明るみに出そうと試みる、いくぶん抒情的な散文のようなもの」と定義している。

### ◉1 沈黙の後に訪れた再生

二〇〇一年、文芸誌「エクリチュール」は、リヴァがポール・アレクサンドル(Paul Alexandre 一九一七–二〇〇五)へ送った全書簡を掲載した。ポール・アレクサンドルはジュネーヴ生まれの推理小説家だが、批評家としてロマンドの雑誌や週刊紙(誌)にも数多く寄稿している。リヴァが友人に宛てた一九六一年三月十四日の手紙からは、アリス・ゴレイとしてILOで働いていた間に身に着けてしまった、抒情を排除して事実だけを系統だてて述べる解説的な文体を払拭して、アリス・リヴァの文体を取り戻すのに苦労したことがうかがえる。リヴァは、「自分の文体(不出来でも、個性的な)」を「ＩＬＯの文体が殺してしまった」と、そして「自分を音楽への興味を抱き続けながら、声を失ってしまった声楽家のように感じる」と告白している。

『人生の痕跡』には、初めてラミュを訪ねた折に、いくつかアドヴァイスを受けたこと、そしてそのうちのひとつが、まさに作家にとって新聞に書くのは、「困難で危険」であるという忠告であったことが書かれている。ラミュは「なぜなら自分が感じたことをつねに書けるとは限らないからである」と説明した。リヴァは、ラミュが「父親や他の多くの作家たちのように『自分が考えたこと』とは言わずに、『自分が感じたこと』と言った」ことを聞き逃さず、書き留めている。だが、忠告には従わなかった、あるいは従えなかったと言う方が正確であろうか。

実際、スイス・ロマンドで、ラミュのように筆一本で食べて行かれる作家は稀有であった。たとえばクリジネルは、一九二一年日刊紙「ラ・ルヴュ・ドゥ・ローザンヌ *La Revue de Lausanne*」に入社し、署名入りで記事を書く傍ら、詩を創作した。ジャーナリスティックな活動によって時間と集中力を奪われる日々から、「沈黙と孤独と時間と持続」を要求するポエジーを守り通し、ついに長い沈黙

★03――ドイツ語でRöstigraben（レシュティの溝）、そのフランス語訳がbarrière de rösti（レシュティの障壁）。レシュティはジャガイモの細切りをフライパンで炒めたドイツ語圏の伝統料理だが、フランス語圏ではあまり食べられないことから、フランス語圏とドイツ語圏の言語の境界線に加えて、文化や考え方の相違、あるいは相互理解の欠如を意味するユーモアを含んだ隠喩。

を経て、心の闇に降りていく、とらえどころのない瞬間、その感覚を韻文形式で表現することに成功する。リヴァは『私のものではないこの名前 *Ce nom qui n'est pas le mien*』（一九八〇）に所収のクリジネルに関する随筆で、このクリジネルの沈黙を、「十七年」と明記する。自分が余儀なくされたほぼ十五年の沈黙と重ねていたのだろうか。リヴァは、一九四三年から四七年にかけて、クリジネルが仕事帰りによく寄るカフェで、時折クリジネルと会うことがあって、会えば、「天性の要請と束縛する生計の道への屈従との板挟みになった詩人や作家の宿命」について語り合ったという。リヴァはふたつの相いれないエクリチュールの間で心を引き裂かれる同郷の詩人の運命に、「諦めようという恐ろしい誘惑に屈しないための闘い」に、そして「こんなにも永い沈黙の後にただ一行の詩句の奇跡！」《Miracle d'un seul vers après tant de silence!》（詩集『眠らぬ人 *Le Veilleur*』〔一九三九〕の冒頭）に、心を寄せるのである。

◉2　ポエジー

初版本のタイトルは、Comptez vos jours... と、タイトルの末尾に《...》が付されている。というのも、これはフランスのユマニストであり詩人のジャン・ド・スポンド（Jean de Sponde 一五五七－九五）の『キリスト教的な数篇の詩の随想 *Essay de quleques poëmes chrestiens*』（一五八八）の「死の十四行詩・第五番《Sonnet de la Mort V》」の冒頭部分からの引用だからである。

リヴァ自身は、詩をほとんど書かなかったが、詩への造詣は深い。『人生の痕跡』に収められた一九三九年から一九四八年の手帳に、ルイズ・ラベらとともにスポンドも当時再び関心を集めるようになった作家として名前が挙げられている。またこれらの作家に親しむようになったのは、ラミュの二巻からなる『フランス詩のアンソロジー *Anthologie de la Poésie française*』第一巻（一九四二）の準備に遡ることが書かれている。ラミュはリヴァに作品の選択をまかせ、まずマルセル・レイモンのところに送り込み、さらにレイモンは、「ジョデルの専門家」のところへ十六世紀の知識を仕入れるためにリヴァを送り込んだ、という。彼女の知識は筋金入りである。

一九八二年、ローザンヌの文芸誌「エクリチュール」が、「アリス・リヴァ特集号」を発刊した。この中で、マルセル・レイモンは「スポンドは、『フランス詩のアンソロジー』第一巻のドービニエとマレルブとの間に大きな場所を占めることになり、アリスに作品のタイトルを提供した。先週ふと、献辞入りでラミュから送られてきた第一巻をまた開いてみると、献辞は『しかし、ゴレイ嬢が…』と奇妙なことに途中で終わっていた。実際、作品の選択はまずゴレイ嬢の仕事だったのである」と回想している。

リヴァは、一九八六年『ジャン＝ジョルジュ・ロシエ——詩情と内面生活 *Jean-Georges Lossier, Poésie et vie intérieure*』（フリブール大学出版会クリスタル叢書）を発表した。リヴァが最後に取り組んだのは、小説でもレシでも中（短）編小説でもなく、友人であるジュネーヴ出身の詩人、ロシエの紹介であった。このシリーズは、ひとりの作家が他の作家の生涯と作品を解説し、作品の抜粋も自ら選んで紹介するもので、とかくフランス文学に比べてスイス・ロマンド文学を軽視する傾向の学生たちにロマンド文学の興趣を味わってもらうことを企図した。ところで、このシリーズの第一巻は『マルク王の子供たち *Les Enfants du roi Marc*』(一九八〇)の著者ロジェ=ルイ・ジュノ(Roger-Louis Junod 一九二三-二〇一五)による『アリス・リヴァ *Alice Rivaz*』(一九八〇)である。

### ◉3 独特の「フレージング」

この作品の文体は独創的で、植物がつるを伸ばすように、一文が関係代名詞や指示代名詞などによってゆるゆると伸びていき、さらに頭語反復が散文でありながら、詩のようなリズムを作っていく。しかも目に見える現実世界ではなく、形而上の世界を「……のようなもの」というたとえの組み合わせによって表現する手法を取る。説明や分析を排除してイメージを喚起するその文体は、とりわけ第八章で語られる特異な体験の描写で威力を発揮する。一日の昼と夜の区別がなくなっていくあたり、そして日常の些細な行為が難しくなっていく様子の描写が限りなく美しい。

十八歳でまだジムナーズ(フランス語圏スイスの高等学校、フランスのリセにあたる)の生徒だったときに発表した第一作『二月に死ぬために *Pour mourir en février*』で一九六九年ジョルジュ・ニコル賞を受賞し、鮮烈なデビューを果たした、現代ロマンド文学を代表する作家のひとり、アンヌ=リズ・グロベッティ(Anne-Lise Grobéty 一九四九-二〇一〇)は、初版ではなく、再版(Lausanne, Le Livre du Mois,

1970）されたときに、この作品に出会ったという。一九九六年、「エクリチュール」が「アリス・リヴァ特集号」を発刊した際、寄稿した「彼女のものになったこの名前！」« Ce nom qui est devenu le sien ! »[★04]の中で、グロベッティは「私にとって何というマスタークラス！　何という言葉の置き所の卓越した技量、流れの正確な距離、フレージング、メロディーライン……こんなにも巧みに読者を誘うように響く各章の書き出しのセンス」とリヴァの文体の魅力のありかを、その音楽性を、浮き彫りにする表現で、鋭敏に指摘したのち、あたかも珠玉の文を読者に無傷で手渡すかのように、第二章と第四章と第八章の冒頭文を、カットせずに、全文紹介している。

## ◉4　孤絶からエクリチュールへ

### ［4－1　孤絶した中立国］

第二次世界大戦中、スイスは独立と中立を守りぬき、三十万人の難民を受け入れ、六万人の児童の疎開先となった。中立は戦争の荒海に浮かぶ「幸せな島 île heureuse」にたとえられる。だがスイス人は、戦中はドイツの侵攻を恐れ、戦後は罪の意識に襲われていた。

リヴァが自身の分身でもある登場人物に欠けているとしたのは、ヨーロッパの一員としての自覚

★04――Anne-Lise Grobéry, « Ce nom qui est devenu le sien! », *Écriture*, n°48, automne 1996, pp.57-76.

と誇りである。スイスは中立を国是としたために、歴史の外に置かれてしまった。そのために語るべき物語を持ち得なかったとする。

この点を、『残された日々を指折り数えよ』では、次のように表現している。

私は、いつだって孤絶していると感じてきたではないか。〔…〕また、ヨーロッパという名の車輪の動かぬ中心部であり、〈現代史〉の片隅に置かれ、何世代にもわたり、絶えず不幸が近隣諸国の門戸を叩いているというのに、〈歴史〉から免れる限りにおいて不幸を免れてきた、この小さな国に属しているがゆえの孤絶。〔…〕また、無数の大人と子供が飢え、諸国民が野宿する世の中で、私は日夜しっかりと雨露がしのげ、十分な食にありつけ、きちんとした身なりをしているがゆえの孤絶。

（本書一二五－一二六頁）

ヨーロッパの中央に位置しながらも、中立がもたらしたスイスの孤立と、ひとり戦禍を免れえたという心苦しさを、リヴァは繊細に記した。

### ［4－2　「差異の活用」とエクリチュール］

リヴァは、プルーストやラミュ、あるいはキャサリン・マンスフィールドやヴァージニア・ウルフやシャルル＝ルイ・フィリップなどの作家を愛読し、宗教からではなく芸術に霊性を見出し、芸術によって生の喜びを得て、死を超越する道を選んだ。ヒーローが作り上げる歴史ではなく、その歴史上の出来事によって揺り動かされるアンチヒーローたちのそれぞれの人生を語ること、名もなき者たちの沈黙に言葉を与えることを自らの使命とした。

第四章の後半部で、リヴァは自分の置かれた境遇から、この芸術への帰依へと向かった道筋を明らかにしている。リヴァのこの「孤絶を積み重ねることによって★05」自己を規定する手法に着目し、これらの孤絶が「読者も気づくように、彼女の観察眼を形成し、エクリチュールを鍛え上げたのである」と、ヴァレリー・コッシーは、リヴァに関するモノグラフの中で指摘している。さらに、スタロバンスキーの「差異の活用 mise en œuvre de la différence」という概念を援用して、スイス・ロマンドの女性ということは、障害になるどころか、「生産的な孤絶」であって、『みつばちの平和』を書くのに大きく貢献した。リヴァは「差異の活用」を涵養することに成功した偉大な作家のひとりであると結論付ける。

いずれにせよ、自分の人生をくどくど語りはじめたこの女とは一体何者なのか。何者になろう

★05――Valérie Cossy, *Alice Rivaz, devenir romancière*, Genève, Editions Suzanne Hurter, Association Mémoire de femmes, 2015, p.109.

というのか、毎晩、岸に網を手繰り寄せる両の手以外に。まもなく夜闇に覆われてしまうものを、毎日、救おうとするこの女は。だとすれば、これはある種の挑戦なのだろうか。日が沈んでしまう前に、生者と死者を数え上げるというのか。彼らを家畜の群れのように自分の周りに集めたり、漁師が網を使ってそうするように彼らを岸に引き揚げようというのか。そう、羊飼い、漁師になろうというのだ。家屋を、門戸を見つけなくてはならない。言葉の力によって再集結し、一緒にページに収まった、忘却の後想起された人々の顔が、互いに相手を認識し、安堵し合うとともに、再発見された彼らの人生の断片の中に蘇生者としての熱気を送り込むことができるようにするために。

（本書一一二六頁）

### ◉5　ロマンド作家としてのアイデンティティ

第八章で、改めて文学への帰依が述べられるとき、「牡蛎のように言葉の殻を割らずして、言葉に暴力を加えずして、それを成し遂げられるだろうか」という表現が加わる。

そうである以上、沈黙を破るべきとき、言葉にすがるべきときではないか。牡蛎のように言葉の殻を割らずして、言葉に暴力を加えずして、それを成し遂げられるだろうか。子音の使い古された骨組みの下に、味わいが潜んでいる。私の分の味わいは、ずっと前から、私の落ち度とまた状況とのせいで、石化して、固くなっている。どうやってそれを見つけ出し、解き放ってやったらいいのだろうか。フィルムが閉じ込めていた映像を無理やり解放させるには、ハイポの水溶液に写真のフィルムを浸す。言葉が蘇って、隣り合って生きていく術、ページの上で一緒に呼吸する術を学ぶために、他のどこに沈黙した言葉を浸せばいいのだろう、解放された心の澄んだ水の中以外に。

（本書一四九頁）

引用部分は、第四章の末尾で明らかにされた意志からさらに発展して、ロマンド文学の伝統に身を置く者としての決意、あるいは自負のようなものを感じさせる。「言葉に暴力を加える」というこの表現が、ラミュの「悪文«mal écrire»」宣言を想起させるからである。ラミュは、故郷のローザンヌからパリの出版者ベルナール・グラッセに宛てた公開書簡«Lettre à Bernard Grasset»（一九二九）[★06]に、「これからも私の流儀で悪文を書くことをお許しください」「自分の内に沸き起こる感動はここにあるものに負うているのだから、アカデミックな言語ではなく、私たちが話している言葉で書いたらどうだろう、とやってみたのです。私は（まだ）書かれたことのない言語で書きました」と記している。これがラミュの「悪文」宣言である。ラミュは自分の故郷ヴォー州を表現するのに相応しい文体を見つけるこ

★06――C. F. Ramuz, «Lettre à Bernard Grasset», in *Deux Lettres*, préface de Georges Haldas, Lausanne, L'Age d'Homme, coll.«Poche suisse», 1992, pp.23-66.

とを目標に掲げていた。

フランスでラミュは「農民作家 écrivain paysan」と揶揄された。だがラミュは方言をそのまま使用してはいない。後述するように、ラミュは話し言葉特有のリズム、抑揚や調子、語調の変化といった聴覚的要素を、文体(書き言葉)のなかに巧みに織り込んでいる。こうして、ラミュは力強くも柔らかい響きを持った文体を作り出すことに成功した。

ラミュの作品の中で日本で最も有名なのは、作曲ストラヴィンスキー、脚本ラミュによる『兵士の物語 *Histoire du Soldat*』(初演一九一八)であろう。この作品では、パーカッションのように言葉がリズムを刻み、ラミュの文体の特徴がリズムにあることを改めて確認させてくれる。

たとえば、« Que si !... » というせりふがある。このせりふを、« Que si ! » と一回ではなく、« Que si ! que si ! »「できるとも、できるともさ」と二回繰り返させたところに意味があり、ゆったりとしたリズムを生じさせている。ジュネーヴの作家ニコラ・ブーヴィエ(Nicolas Bouvier 一九二九‐九八)は、この « Que si !... » 自体、« Oui » よりも賛同や肯定の感情を強く表現できると評している。★07 ブーヴィエもラミュ同様に「自分の魂を表現するためには、フランス語を歪めたり、ねじ曲げたりしなければならない」と語った。

先にラミュによる「悪文」宣言を取り上げたが、歴史を繙くと、「悪文」を書く権利は、「ジュネーヴ市民」ルソーの『新エロイーズ *Julie ou la Nouvelle Héloïse*』序文(一七六一)ですでに主張されている。またルソーには、史実の正確さを期すように忠告されると、「この文章は律動的だから、一音節でも余計なものを加えたら、響きが台無しになってしまう」と突っ撥ねたというエピソードがある。音楽家ルソーに相応しい。

作家の多くが音楽に情熱を傾けたことと、文体のリズムを重視する傾向は関係するのかもしれない。ラミュはフルートを演奏したと伝えられる。そしてブーヴィエはリヴァと同様にピアノ演奏に才能を発揮したとされる。フランコ＝プロヴァンス語の名残をとどめる、抑揚のある、エネルギーあふれるフランス語で歌うように語る。ここにロマンド文学のアイデンティティはある。

## 翻訳にあたって

底本は前述のとおり、Alice Rivaz, *La Paix des ruches* suivi de *Comptez vos jours*, Lausanne, L'Age d'Homme, coll. «Poche suisse», 1984とした。

初版本は *La Paix des ruches*, roman, Paris, Librairie Universelle de France et Fribourg, Egloff, 1947と *Comptez vos jours ...* , Paris, José Corti, 1966である。

翻訳にあたり、«L'Aire bleue» 叢書（Vevey, Éditions de l'Aire）から刊行された最新版の *La Paix des ruches*

★07——Nicolas Bouvier, «Autour de l'*Histoire du Soldat*», in *L'Echappée belle, éloge de quelques pérégrins*, Genève, Éditions Metropolis, 1996, pp.91-98.

(1999) と *Comptez vos jours* (2000) を適宜参照した。

最新版を参照して訂正した箇所は、引用符の括弧閉じが抜けていた部分や、«à sont tour»（誤）を«à son tour»（正）へ、などの単純なミスプリに限られる。その他の異同の中でリヴァの文体の特徴を考えるうえでヒントになるものがあった。以下の三点である。

一点目は、オフィスの同僚、褐色の髪をしてハスキーヴォイス、ユーモアで周りの雰囲気を明るくする有能なマルグリットのポートレートの最後の部分である。「そう、超一流の左官職人だ。彼女の夫は運がいい。彼は彼女にふさわしいのだろうか」。この最後の一文が最新版では削除されている。しかし、この最後にちょこっと付け加えられた毒舌こそ、ジャンヌの真骨頂であろう。削除するのはあまりにも惜しい。ここはいじらずにそのまま残すことにした。

二点目は、«peut-être»「たぶん、……かもしれない」である。今まであまり意識していなかったが、訳してみると、結構頻繁に登場する。最新版では削除されている箇所もあった。しかし、«peut-être»と言えば、一九四二年に発表されたカミュの『異邦人 *L'Étranger*』のあの冒頭部分が想起される表現でもある。«Aujourd'hui, maman est morte. Ou peut-être hier, je ne sais pas.»「今日、ママンが死んだ。もしかすると昨日だったかもしれないが、私にはわからない」。一説★08によると、この«peut-être»は、当時、若者の間でよく使われた言葉でもあったようだ。何も確実なものがなく、多くの人が不定愁訴に悩まされた時代の空気を伝える言葉として重要かもしれないと考え、これも残すことにした。

三点目は、「激しく断定的で純粋で高慢な、若い狩猟の女神ディアナのような性格と容姿」をもった古い友人のエリザベスが、ジャンヌに向かって発した言葉に認められる。

—Jeanne, comprends-tu ce que cela signifie : sentir son âme prendre vie ? Car ce qui est de l'âme ne meurt pas, tandis que le monde révélé à tes yeux, à tes sens, est éphémère.

引用箇所の第二文の冒頭の語、«Car» が、最新版では «Et puis» に修正されている。本来、«car» は「というのは、なぜなら……だから」を意味し、前の文で述べたことの理由・根拠を説明する。これに対し、引用部分の «car» は、「どうしてそう言ったのかというと、……だから」を意味する。したがって、先の引用は「ジャンヌ、それが何を意味するか分かる？　自分の魂が命を得るのを感じるということが。どうしてそんなことを聞くかというとね、魂に関わっているものは死なないけど、あなたの目、あなたの感覚に示される世界は、はかないからなのよ」となる。他方、最新版の «Et puis»「それに」は、新たな理由を提示する。「ジャンヌ、それが何を意味するか分かる？　自分の魂が命を得るのを感じるということが。それに魂に関わっているものは死な

★08——アニエス・ポワリエ『パリ左岸　1940-50年』木下哲夫訳、白水社、二〇一九年、三三二頁。

ないけど、あなたの目、あなたの感覚に示される世界は、はかないのよ」。《Et puis》の場合は、普段、読者が慣れている「話を前に進める」論旨の流れになる。それに対して、《car》の場合は、流れを後ろに戻すようにして説明を加える。この《car》の使い方は、実際の会話ではよく起きる状況を再現していて面白いと感じたので、《car》のまま訳した。なお、この《car》の用法はラミュの作品でも特徴的に使われている。

初版本と底本との異同についても触れておく必要があるだろう。異同は、日記を書いているジャンヌを夫が見とがめる場面の描写に見られる。「私は答えなかったが、彼がしつこく聞くので、犯行の現場を押さえられた小学生のように口ごもりながら言い出した」。初版を改訂するときに、《telle une écolière prise en faute》「犯行の現場を押さえられた小学生のように」が付け加えられたのである。この加筆はジャンヌと夫との間の力の不均衡を読者により一層強く、印象付ける。

さらにこの直喩の加筆は、ひとつの重要なテーマを暗示する。書くことは罪の意識と切り離せないということである。このテーマはロマンドの作家の多くに共通のテーマといえる。共同体から離れ、自分ひとりと向き合って時間を使う創作活動は、隣人のために時間を使うことを喜びとするよう奨励するプロテスタント社会の掟に反することになる。いわんや主婦であったなら、なおさらである。リヴァは、『私のものではないこの名前』で、先輩諸姉の多くが、ペンネームを使っていることを指摘し、例えば、キャトゥリンヌ・コロン（Catherine Colomb 一八九二－一九六五）は、家族に内緒にするため、子供たちが学校に行っていて、家に誰もいない午後の二時間を執筆に充てていたことを紹介している。確かに、男性も家で書こうとすれば、家族が出かけてひとりになれる時間に書こうとするかもしれないが、男性の場合は「邪魔をされないようにするため」であり、女性の場合は「他の人の邪魔をしないため」(p.151) である、両者の事情は全く異なると、リヴァは明察する。

以上、ただひとつの直喩の加筆が、どれほど読者に喚起する表現の幅を広げられるか、リヴァの創作過程のほんの一端を知ることができるようで興味深い。分析や説明を加えるのではなく、喚起する表現を目指していたことを改めて思い起こさせてくれる好例と言えよう。

＊＊＊

作品を理解するうえで、著者のエピソードが果たして役に立つのかは分からない。それでも関心がある読者向けにひとつご紹介したい。現在、ローザンヌ大学教授と「スイス・ロマンド文学研究所」所長を兼任している作家のダニエル・マジェティ（Daniel Maggetti 一九六一－）は、研究所の若手研究員だったころ、リヴァの『わたしのものではないこの名前』に収められたアリス・クルショ（Alice Curchod 一九〇七－七二）についての評論を読んで、クルショについてリヴァに教えを請うことにした。そして彼女の自宅を初めて訪ねたときのことを次のように語っている。

私は彼女の謙虚さや、ユーモアや、好意に魅了されていた。そして彼女の話に魅せられていた。他の人のことを思い起こすときはとても明確であるのに、自分のことに話題が及ぶと控え目なばかりか逃げ腰になるのだった。というのも、私はもちろん彼女自身の著作について質問を試みてみたのだが、うまくいかなかった。彼女はピルエットの名手、『汝の糧を与えよ』についてては、ベルティィル・ガランを称賛するだけで、非凡な出版人と持ち上げるばかりだった。彼女はめがねをはずしていて、並びないブルーの目が私に微笑み続けていた。私は彼女が美しく、上品で、しかも私が読んだことのあるこれこれの本の特徴を表わすときには、判断が非常に明敏だと思った。★09

さて、一九三六年、リヴァが「ヴァンドルディ」に発表したギルド・デュ・リーヴルの紹介記事にはあるひとつの夢が描かれていた。それは、お互いに日常の生活では知り合うことのない人人の間を一冊の本が結び付ける、まさに本によって実現される「精神的な交感」、「共有された感応」である。コロナ禍で芸術の力を、とりわけ文学の力を、改めて痛感させられた。同じ一冊の本を手にする読者の間に、余儀なくされた物理的距離を超越する、目に見えない交流が生まれることを願わずにはいられない。

最後に、〈ルリユール叢書〉に未邦訳だったアリス・リヴァの作品を迎え入れてくださった幻戯書房代表取締役・田尻勉さん、編集を担当してくださった中村健太郎さんに深く感謝いたします。また、リヴァの魅力を髣髴とさせるイラストを作成くださった丸山有美さんにもお礼を申し上げます。

二〇二一年五月

正田靖子

★09——«Trois après-midi à l'avenue Weber», Valérie Cossy, *op.cit.*, p.288.

## 参考文献

［リヴァの著作］

▶*Nuages dans la main*, roman, Lausanne, Éditions de l'Aire, 1987.

▶*Comme le Sable*, roman, préface de Françoise de Fornerod, Vevey, Éditions de l'Aire, coll.«L'Aire bleue», 1996

▶*La Paix des ruches*, roman, préface de Marcel Raymond, Lausanne, L'Age d'Homme, coll.«Poche suisse», 1984 (d'après l'édition «Le Livre du Mois», Lausanne, Société de la Feuille d'Avis de Lausanne, 1970) et Vevey, Éditions de l'Aire, coll.«L'Aire bleue», 1999.

▶*Sans alcool, et autres nouvelles*, postace de Françoise Fornerod, Carouge- Genève, Éditions Zoé, coll.«Zoé-poche», 1998.

▶*Comptez vos jours*, préface de Marcel Raymond, Lausanne, L'Age d'Homme, coll.«Poche suisse», 1984 (d'après l'édition «Le Livre du Mois», Lausanne, Société de la Feuille d'Avis de Lausanne, 1970) et Vevey, Éditions de l'Aire, coll.«L'Aire bleue», 2000.

▶*Le Creux de la vague*, roman, Éditions de l'Aire/Rencontre, Lausanne, 1967.

▶*L'Alphabet du matin*, récit, Éditions de l'Aire, Vevey, 1994.

▶*De Mémoire et d'Oubli*, récits, Éditions de l'Aire/Rencontre, Lausanne, 1973.

▶*Jette ton pain*, roman, Vevey, Bertil Galland, Paris, Gallimard, 1979.

▶*Ce nom qui n'est pas le mien*, Vevey, Bertil Galland, 1980.

▶*Traces de vie*, carnets (1939-1982), Vevey, Bertil Galland, 1983.

▶*Jean-Georges Lossier, Poésie et vie intérieure*, Fribourg, Éditions universitaires de Fribourg, coll.«Cristal», 1986.

［リヴァの書簡集］

▶*Creuser des puits dans le désert*, Lettres à Jean-Claude Fontanet, Carouge- Genève, Éditions Zoé, 2001.

▶ *Les Enveloppes bleues*, correspondance avec Pierre Girard (1944-1951), Carouge-Genève, Éditions Zoé, 2005.

▶ *Pourquoi serions-nous heureux?*, correspondance avec Jean-Georges Lossier (1945-1982), Carouge-Genève, Éditions Zoé, 2008.

［リヴァについての研究書・文芸誌の特集号］

▶ «Alice Rivaz», *Écriture*, n° 17 (Revue littéraire), 1982, pp.9-74 (avec des inédits et des textes de Marcel Raymond, Jean Rousset, Pierre Girard, Jean-Georges Lossier et Marianne Ghirelli).

▶ «Alice Rivaz», *Écriture*, n° 48, automne 1996, pp.9-167 (avec des inédits et des textes d'Anne-Lise Grobéty, Maurice Bossard, Paul Alexandre, Marianne Ghirelli, Christiane Mathys-Reymond, Yasuko Shoda-Fujizane, Laure Tarussio, Anne Hofmann, Jean-Claude Fontanet et Amélie Plume).

▶ «Alice Rivaz journaliste et épistolière», *Écriture*, n° 57, printemps, 2001, pp.9-149 (avec des inédits et un texte de Françoise Fornerod).

▶ Françoise Fornerod, *Alice Rivaz. Pêcheuse et bergère de mots*, Carouge-Genève, Éditions Zoé, 1998.

▶ Françoise Fornerod, *Le Temps d'Alice Rivaz*, Carouge-Genève, Éditions Zoé, 2002.

▶ Françoise Fornerod et Doris Jakubec (dir.), «Autour d'Alice Rivaz», *Études de Lettres*, Université de Lausanne, 2002, n° 1.

▶ Roger-Louis Junod, *Alice Rivaz*, Fribourg, Éditions universitaires de Fribourg, coll.«Cristal», 1980.

▶ Valérie Cossy, *Alice Rivaz, devenir romancière*, Genève, Editions Suzanne Hurter, Association Mémoire de femmes, 2015.

［スイス・ロマンド文学についての研究書］

▶ Roger Francillon (dir.), *Histoire de la littérature en Suisse romande*, Carouge-Genève, Éditions Zoé, 2015.

▶ Roger Francillon, *De Rousseau à Starobinski, Littérature et identité suisse*, Lausanne, Presses polytechniques et universitaires romandes, coll. « Le savoir suisse», 2011.

［リヴァ以外の文学作品・他］

▼Nicolas Bouvier, *L'Echappée belle, éloge de quelques pérégrins*, Genève, Éditions Metropolis, 1996.
▼C. F. Ramuz, *Deux Lettres*, préface de Georges Haldas, Lausanne, L'Age d'Homme, coll. «Poche suisse», 1992.
▼*Concordance des Saintes Écritures*, Lausanne, Société biblique auxiliaire du canton de Vaud, 1986.
▼『聖書』新共同訳、日本聖書協会、一九八七年
▼アニエス・ポワリエ『パリ左岸　1940－50年』木下哲夫訳、白水社、二〇一九年
▼リルケ『若き詩人への手紙、若き女性への手紙』高安国世訳、新潮文庫、二〇〇〇年

［著者略歴］

**アリス・リヴァ**［Alice Rivaz 1901–98］

フランス語圏ヴォー州生まれのスイスの作家。ローザンヌ音楽院でピアノを習得後、ジュネーヴのＩＬＯに就職。長年勤めたＩＬＯでの体験を元に、オフィスで働く女性を主人公にした、新しい「女性の文体」を追求。その独創性は時代に先んじたフェミニズムに留まらず、プロテスタント社会への痛烈な批判など、最も根源的なタブーを打ち破るところにあった。本書の他に、『引き潮』、『汝の糧を与えよ』などがある。

［訳者略歴］

**正田靖子**［しょうだ・やすこ］

一九五八年、東京都生まれ。上智大学大学院文学研究科フランス文学専攻博士後期課程単位取得退学、チューリヒ大学で博士号（文学）取得。仙台白百合女子大学助教授、ラヴァル大学（カナダ）文学部招聘教授を経て、現在、慶應義塾大学ほか講師。専門はスイス・ロマンド文学、フランスロマン主義文学。著書に*Les roses rouges et les Erinnyes: Etude diachronique des images sensibles dans la poésie de E.-H.Crisinel*, Bern, Peter Lang, 1995など。

〈ルリユール叢書〉
みつばちの平和《へいわ》 他一篇《ほかいっぺん》

二〇二二年八月八日 第一刷発行

著者 アリス・リヴァ
訳者 正田靖子
発行者 田尻 勉
発行所 幻戯書房
郵便番号一〇一－〇〇五二
東京都千代田区神田小川町三－十二 岩崎ビル二階
電話 〇三（五二八三）三九三四
FAX 〇三（五二八三）三九三五
URL http://www.genki-shobou.co.jp/
印刷・製本 中央精版印刷


ISBN978-4-86488-252-1 C0397

## 〈ルリユール叢書〉発刊の言

厖大な情報が、目にもとまらぬ速さで時々刻々と世界中を駆けめぐる今日、かえって〈遅い文化〉の意義が目に入りやすくなってきました。例えば、読書はその最たるものです。それというのも読書とは、それぞれの人が自分のリズムで本を読み、日々の生活や仕事、世界が変化する速さとは異なる時間を味わう営みでもあります。人間に深く根ざした文化と言えましょう。本はまた、ページを開かないときでも、そこにあって固有の時間を生みだすものです。試しに時代や言語など、出自を異にする本が棚に並ぶのを眺めてみましょう。ときには数冊の本のなかに、数百年、あるいは千年といった時間の幅が見いだされるかもしれません。そうした本の背や表紙を目にすることから、すでに読書は始まっています。

気になった本を手にとり、一冊また一冊と読んでいくと、目には見えない書物同士の結び目として「古典」と呼ばれる作品があることに気づきます。先人の知を尊重し、これを古典として保存、継承していくなかで書物の世界は築かれているのです。かつて盛んに翻訳刊行された「世界文学全集」も、各国文学の古典を次代の読者へと手渡し、共有する試みでした。

古今東西の古典文学は、書物という形をまとって、時代や言語を越えて移動します。〈ルリユール叢書〉は、どこかの書棚でよき隣人として一所に集う――私たち人間が希望しながらも容易に実現しえない、異文化・異言語・異人同士が寛容と友愛で結びあうユートピアのような――〈文芸の共和国〉を目指します。

また、それぞれの読者にとって古典もいろいろです。私たちは、そのつど本を読みながら、時間をかけた読書の積み重ねのなかで、自分だけの古典を発見していくのです。〈ルリユール叢書〉は、新たな古典のかたちをみなさんとともに探り、育んでいく試みとして出発します。

Reliure〈ルリユール〉は「製本、装丁」を意味する言葉です。
ルリユール叢書は、全集として閉じることのない
世界文学叢書を目指し、多種多様な作品を綴じながら、
文学の精神を紐解いていきます。
一冊一冊を読むことで、読者みずからが〈世界文学〉を
作り上げていくことを願って——

［**本叢書の特色**］

❖名作の古典新訳から異端の知られざる未発表・未邦訳まで、世界各国の小説・詩・戯曲・エッセイ・伝記・評論などジャンルを問わず紹介していきます（刊行ラインナップをご覧ください）。

❖巻末には、外国文学者ならではの精緻、詳細な作家・作品分析がなされた「訳者解題」と、世界文学史・文化史が見えてくる「作家年譜」が付きます。

❖カバー・帯・表紙の三つが多色多彩に織りなされた、ユニークな装幀。

〈ルリユール叢書〉［既刊ラインナップ］

| | |
|---|---|
| アベル・サンチェス | ミゲル・デ・ウナムーノ［富田広樹＝訳］ |
| フェリシア、私の愚行録 | ネルシア［福井寧＝訳］ |
| マクティーグ　サンフランシスコの物語 | フランク・ノリス［高野 泰志 訳］ |
| 呪われた詩人たち | ポール・ヴェルレーヌ［倉方健作＝訳］ |
| アムール・ジョーヌ | トリスタン・コルビエール［小澤真＝訳］ |
| ドクター・マリゴールド　朗読小説傑作選 | チャールズ・ディケンズ［井原慶一郎＝編訳］ |
| 従弟クリスティアンの家で　他五篇 | テーオドール・シュトルム［岡本雅克＝訳］ |
| 独裁者ティラノ・バンデラス　灼熱の地の小説 | バリェ＝インクラン［大楠栄三＝訳］ |
| アルフィエーリ悲劇選　フィリッポ　サウル | ヴィットーリオ・アルフィエーリ［菅野類＝訳］ |
| 断想集 | ジャコモ・レオパルディ［國司航佑＝訳］ |
| 颱風 | レンジェル・メニヘールト［小谷野敦＝訳］ |
| 子供時代 | ナタリー・サロート［湯原かの子＝訳］ |
| 聖伝 | シュテファン・ツヴァイク［宇和川雄・籠碧＝訳］ |
| ボスの影 | マルティン・ルイス・グスマン［寺尾隆吉＝訳］ |
| 山の花環　小宇宙の光 | ペタル二世ペトロビッチ＝ニェゴシュ［田中一生・山崎洋＝訳］ |
| イェレナ、いない女　他十三篇 | イボ・アンドリッチ［田中一生・山崎洋・山崎佳代子＝訳］ |
| フラッシュ　ある犬の伝記 | ヴァージニア・ウルフ［岩崎雅之＝訳］ |
| 仮面の陰に　あるいは女性の力 | ルイザ・メイ・オルコット［大串尚代＝訳］ |
| ミルドレッド・ピアース　未必の故意 | ジェイムズ・M・ケイン［吉田恭子＝訳］ |
| ニルス・リューネ | イェンス・ピータ・ヤコブセン［奥山裕介＝訳］ |
| ヘンリヒ・シュティリング自伝　真実の物語 | ユング＝シュティリング［牧原豊樹＝訳］ |
| 過去への旅　チェス奇譚 | シュテファン・ツヴァイク［杉山有紀子＝訳］ |
| 魂の不滅なる白い砂漠　詩と詩論 | ピエール・ルヴェルディ［平林通洋・山口孝行＝訳］ |

| | |
|---|---|
| 部屋をめぐる旅 他二篇 | グザヴィエ・ド・メーストル[加藤一輝＝訳] |
| 修繕屋マルゴ 他二篇 | フジュレ・ド・モンブロン[福井寧＝訳] |
| シラー戯曲傑作選 ヴィルヘルム・テル | フリードリヒ・シラー[本田博之＝訳] |
| 復讐の女／招かれた女たち | シルビナ・オカンポ[寺尾隆吉＝訳] |
| ルツィンデ 他三篇 | フリードリヒ・シュレーゲル[武田利勝＝訳] |
| 放浪者 あるいは海賊ペロル | ジョウゼフ・コンラッド[山本薫＝訳] |
| 運河の家　人殺し | ジョルジュ・シムノン[森井良＝訳／瀬名秀明＝解説] |
| 魔法の指輪 ある騎士物語 [上・下] | ド・ラ・モット・フケー[池中愛海・鈴木優・和泉雅人＝訳] |
| 詩人の訪れ 他三篇 | C・F・ラミュ[笠間直穂子＝訳] |
| みつばちの平和 他一篇 | アリス・リヴァ[正田靖子＝訳] |

[以下、続刊予定]

| | |
|---|---|
| 三つの物語 | スタール夫人[石井啓子＝訳] |
| ストロング・ポイズン | ドロシー・L・セイヤーズ[大西寿明＝訳] |
| ピェール 黙示録よりも深く [上・下] | ハーマン・メルヴィル[牧野有通＝訳] |
| モン＝オリオル | ギ・ド・モーパッサン[渡辺響子＝訳] |
| 恋の霊 | トマス・ハーディ[清宮協子＝訳] |
| 聖ヒエロニュムスの加護のもとに | ヴァレリー・ラルボー[西村靖敬＝訳] |
| 乾杯、神さま | エレナ・ポニアトウスカ[鋤柄史子＝訳] |
| 笑う男[上・下] | ヴィクトル・ユゴー[中野芳彦＝訳] |
| パリの秘密[1〜5] | ウージェーヌ・シュー[東辰之介＝訳] |
| 名もなき人びと | ウィラ・キャザー[山本洋平＝訳] |
| ユダヤの女たち ある長編小説 | マックス・ブロート[中村寿＝訳] |
| 雷に打たれた男 | ブレーズ・サンドラール[平林通洋＝訳] |
| 切られた手 | ブレーズ・サンドラール[平林通洋＝訳] |

＊順不同、タイトルは仮題、巻数は暫定です。＊この他多数の続刊を予定しています。